U0165648

華語寫作一學就上手

就上手

你好！

Write in Chinese : Easy and Right !
【Intermediate】

【進階級】

陳嘉凌、李菊鳳◎編著
吳昕霓◎繪圖

五南圖書出版公司 印行

推薦序一

　　《華語寫作一學就上手》是由臺灣師範大學陳嘉凌教授與清華大學華語中心李菊鳳老師共同編寫的華語教材，這套教材最大的特色在於實用性與實證性。本教材以日常生活使用的寫作需求作為編寫的內容，使學習者可以運用於日常生活中，提升對華語寫作的運用及興趣。本教材也在臺灣師範大學僑生先修部經過教學實證，證實對外籍學習者的寫作能力提升有極好的成效。華語學習者主要學習聽、說、讀、寫的技能，其中最困難的就是書寫。本教材針對日常生活的基本書寫需求編寫，循序漸進，讓學習者輕鬆上手，提升寫作能力。這是華語學習在寫作方面極有助益的教材。

國立臺灣師範大學僑生先修部主任

林振興

推薦序二

　　《華語寫作一學就上手》是由臺灣師範大學華語文教學系陳嘉凌教授與清華大學華語中心李菊鳳老師共同編寫的外籍生大學生活及求職常見情境的華語寫作教科書，特別適合國際交換生、初到台灣準備就讀大學的僑生及國際生的教育寫作需求、或是華語能力初級到中級的外籍人士，即將面對華人社會生活工作需要以進行交流的文本類型，極有助於在地生活、社交求職等實務的寫作技巧，經過寫作特徵與篇章結構組織的重點摘要，結合不同語體和語域寫作核心原則，開發研制成為編輯有序的各課內容，透過仿寫、改寫、擴寫等練習，達到書寫交流的技能，掌握特殊的語言用法，使外籍人士能達到具體明確地有效學習常用的文本類型，完成針對性的寫作整合而表達得體的技能。

　　本套教材包含基礎級和進階級兩冊，每冊各有九課配置，非常適合正規華語寫作課程使用。內容最大的特色是編寫以國際生為中心的學習需要，透過動動腦、動動手、生詞、句型、寫作時間和小叮嚀的巧妙設計，逐步了解如何書寫記錄、企劃、報告、標語等生活常見的應用文體，掌握不同文本類型需要不同的表達特點。因

為目的不同，就會採用不同的詞彙、表達方式和語法技巧，因此能幫助學習者掌握大量的正式和非正式寫作，可依據具體目的運用適當的詞彙語法和語言形式，精通書面作業、報告寫作或測驗寫作，學習節奏輕鬆，學完正確實用上手。

最受外籍生歡迎的優質寫作範例，需要適時地掌握出現在他們學習過程或生活中需要解決的文件類型。《華語寫作一學就上手》既要學習者能抒寫心情、寫日記，還要練習撰寫搬家公告、電影心得，更要能寫講稿和記人物，還要練習報導和習寫標語。這些具體寫作目的反映在國際學生來到華人社會或校園環境寫作文化的多元文本特色上，既能兼顧個人抒懷紀錄的情感抒發，更能觀照校園社群或社會組織溝通交流使用的正式文件寫作視角。教材設計的時空背景，也就是台灣華語文學習在社會及在世界上的真實情況與角色。每一份寫作範例的編撰都能運用真實的語文形式，進行多元目的的溝通寫作，既能引導學習者在華人生活背景中探索成長，也能落實在跨文化交流與多語環境的國際學習寫作行動中。

《華語寫作一學就上手》不只是陳嘉凌教授和李菊鳳老師共同創造性的華語寫作教材的具體成果，更嘉惠了台灣華語文寫作教學工作者與國際學生的華語學習者。這本優質的初級和中級華語文寫作教材掌握寫作教

學的語言，尤其能做到基於對華人生活文化的了解來運
用不同寫作形式的語言，超越了幫助國際華語學習者未
來參加華語寫作測驗、強化寫作技能，是真實帶著國際
學生可以進出校園，走入真實的華人生活社會的最好範
本。

臺灣師範大學華語文教學系系主任

蔡雅薰

2021.12.01

編輯主旨

　　本套教材《華語寫作一學就上手》編寫目的，是為輔助已有部分華語基礎的學習者，能更容易以華語寫作生活中相關之事務。含基礎級、進階級二冊，基礎級以較基本的實務面為主，共分九課，內容包括社交、升學、求職等等。進階級則介紹仿寫、改寫、擴寫、縮寫等寫作技巧，亦以九課練習篇章寫作的手法，同時訓練組織、觀察、聯想等能力，以產出不同文體之文本。全書以實用為原則，涵蓋多種學習者來台所需應對的生活面向，可提供多元化需求之參考。

　　基礎級之適用對象為已有約 TOCFL 測驗 A2 等級，或華語課程約六個月基礎的學習者。進階級之適用對象則為已有約 TOCFL 測驗 B1 以上等級，或華語課程逾一年以上基礎的學習者。編撰緣起乃因編著者於教學現場發現，「寫作」最讓學習者感到困難，故為使華語學習者對寫作產生學習興趣及動機，或對華語寫作已有興趣，卻不知該如何下筆，即可模仿本套教材所提供之種種範例，來練習寫作。因此在編寫時用語力求簡單、明瞭，期望透過思考、理解、互動的交流模式，引導學習者產出作品。除此之外，亦可作為準備國家華語測驗推動工

作委員會寫作測驗的重要參考書籍。

　　本套教材每課皆依主題，設計了「動動腦」、「動動手」、「生詞」、「句型」、「寫作時間」及「小叮嚀」等六大項活動；然而進階級因考慮到句型開始逐漸趨向複雜多樣，難以理解，特於「句型」單元中，增加了「用法說明」，藉由簡單的華語解說，使學習者掌握該句型使用時的關鍵。設計理念分述如下：

一、動動腦

　　寫作除語言能力外，還需思考邏輯，方能言之有物。因此在此項目中，由編著者的提問，引導使用者逐步思考誘發與該主題相關的內容，最後依循理路組織出全文。不採用直接提供寫作內容的方式，而是以提問為主軸，即是希望教材本身即可與使用者產生互動連結，提高學習興趣。

二、動動手

　　承襲動動腦的編著概念，本項仍由編著者提問，為使用者著手寫作做準備，並提供不同型態的範例（含拼音），作為寫作參考。且於範例後再次針對例文內容，以提問方式，來解析內文重點，使用者據此能輕易抓住每次寫作的要項，消除不知該寫什麼的焦慮。

三、生詞

　　附有正體字、簡體字、漢語拼音、詞性及英文解釋之對照，由淺入深，逐課增加難度。兩冊之選詞皆依國家華語測驗推動工作委員會所制訂的〈華語八千詞〉作為標準，但由於本套教材內容較多著重在華語學習者在台生活之所需，而有部分詞彙超等，大多為專有名詞，以及部分語境中難以避免之用語，是為特例。

　　另關於正體字、簡體字對照部分，本套教材亦顧及兩岸用語時有不同，在並列時非直接做正、簡字轉換，而是以實際用語作為參照，如正體之「郵遞區號」，即陸方用語之「邮政编码」，又「速食」為「快餐」、「移民署」為「国家移民管理局」、「評審」為「评委」等。

　　每項生詞均附一條符合程度的例句，並檢附漢語拼音。詞性的分類標準，乃參照鄧守信教授的八大詞類為標記，加以分類。英文解釋選用最貼近該詞彙所使用的時機，過多衍生的詞義則不予附加。

四、句型

　　同樣附有正體字、簡體字、漢語拼音、詞性及英文解釋之對照，選用相應程度之句型，提供兩個程度相當的例句，隨後附兩則練習，第一則為填空式，第二則為問答式，盼可達到讓使用者能靈活運用該句型之目的。

五、寫作時間

　　經過前段之思考學習，使用者能在此階段，根據所提供之小任務，實際操作演練，試產出該課主題的寫作內容，以檢視成效。且爲能讓使用者通過練習本教材的題目，也熟悉華語文能力寫作測驗，於編寫基礎級及進階級部分單元之小任務，一併參照該測驗給予指引。

六、小叮嚀

　　每課最後編有小叮嚀，提醒使用者應特別注意的事項，期待完善編著者於編寫過程中，對每課內容盡可能全方位涵蓋的用心。

　　本套教材另一特點爲每課最後附有 QR Code，以手機掃描連結到由外籍生以生動活潑之劇情，拍攝完成與主題相關、約三分鐘的短片。在課程開始前觀賞，可引發學習興趣，引起學習動機；在課程即將結束時觀賞，可作爲複習與回顧，將全課總結。由於影片爲外籍生製作，爲求眞實，故對話未按教學語法之規範要求其必須完全正確，特此說明。

　　基於定位爲輔助教材，並希望使用者能擺脫以英語爲中介語，可能對華語寫作模式和習慣產生影響，以及過度仰賴英文，而無法專心閱讀華文，因此未編附英文翻譯。目的是營造沉浸式的環境，利用本身的華語基礎，

以華語學習華語，收事半功倍之效。本套教材以約兩年
時間編寫完成，仍有未盡周延之處，敬請先進不吝賜教
斧正。

編著者

陳嘉凌、李菊鳳

2021 年 7 月

目　錄

第一課

寫心情

#1　仿寫（一）：日記、週記、生活札記

動動腦

一、什麼是仿寫？

1 「仿寫」：仿（學已經有的來做出別的、模仿）＋寫（寫作）。

A. 是一種寫作的方法。

B. 先看別人寫的句子、文章，再學他好的地方，然後按照他的辦法寫出自己的內容。

2 為什麼要練習仿寫？

- ☐ 可以學習別人哪裡寫得好
- ☐ 可以參考別人寫些什麼
- ☐ 可以抄別人的文章
- ☐ 可以讓自己的文章更進步
- ☐ 可以了解別人對一件事的想法跟看法
- ☐ ＿＿＿＿＿＿＿＿＿＿＿＿＿＿＿

3 什麼時候用？

- ☐ 寫作業的時候
- ☐ 剛開始練習寫作文
- ☐ 作文已經寫得很好了
- ☐ 不知道作文該怎麼寫的時候
- ☐ ＿＿＿＿＿＿＿＿＿＿＿＿＿＿＿

4　應該怎麼做？

- ☐ 仔細看別人的文章，看他先寫什麼、再寫什麼
- ☐ 仔細看別人的文章，看他用了哪些材料
- ☐ 仔細看別人的文章，選出好的地方
- ☐ 想想自己可以學些什麼？
- ☐ 開始寫，練習用差不多的詞彙、句子、段落內容來作文
- ☐ 寫好後要檢查，改錯字、句子什麼的
- ☐ ＿＿＿＿＿＿＿＿＿＿＿＿＿＿＿＿＿＿＿
- ☐ ＿＿＿＿＿＿＿＿＿＿＿＿＿＿＿＿＿＿＿
- ☐ ＿＿＿＿＿＿＿＿＿＿＿＿＿＿＿＿＿＿＿

5　寫的時候應該注意什麼？

- ☐ 可以隨便抄
- ☐ 只能學習句子、文章的樣子
- ☐ 寫出來的必須都是自己的想法
- ☐ 可以全部都用別人的文字和想法
- ☐ 可以抄很多人的文章放在一起，變成一篇
- ☐ 可以學習段落的意思，用自己的話再說一遍

二、什麼是日記、週記、札記？

1 「記」就是寫下來或是記錄。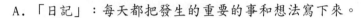

A.「日記」：每天都把發生的重要的事和想法寫下來。

B.「週記」：一週寫一次。

C.「札記」：本來是讀書的時候做的筆記，後來常用在生活中看事、看心情，想到什麼就寫什麼的時候，沒有特別的時間。

D. 日記、週記跟札記都是記錄事情跟想法的文章，要寫什麼內容都可以，不同的地方主要是看多久寫一次。

E. 念中學的時候，週記是作業，得交給老師看。

F. 有的老師也會把寫札記當作功課。

G. 日記一般就不需要給別人看了。

2 為什麼要寫？

☐ 交作業給學校

☐ 看看自己做了哪些重要的事

☐ 讓別人知道我做了什麼事

☐ 以後可以再拿出來看，想起以前發生過什麼事來

☐ 心裡的祕密不能告訴別人，只能寫給自己看

☐ 把心情和想說的話都寫出來

☐ ＿＿＿＿＿＿＿＿＿＿＿＿＿＿＿＿＿

☐ ＿＿＿＿＿＿＿＿＿＿＿＿＿＿＿＿＿

☐ ＿＿＿＿＿＿＿＿＿＿＿＿＿＿＿＿＿

3 什麼時候用？

- ☐ 要交作業
- ☐ 想把自己做的事記錄下來
- ☐ 想把自己心情記錄下來
- ☐ 想把發生的事情記錄下來
- ☐ 有的事只想讓自己記住的時候
- ☐ _____
- ☐ _____
- ☐ _____

4 可以在裡面寫什麼？

- ☐ 日期、時間、天氣
- ☐ 做了什麼？發生了什麼事？
- ☐ 別人做了什麼？發生了什麼事？
- ☐ 對事情的想法、看法、感覺
- ☐ 事情發生的時候的心情
- ☐ _____
- ☐ _____
- ☐ _____

5 寫的時候應該注意什麼？

- ☐ 不是真的也可以寫
- ☐ 可以自己用手寫
- ☐ 可以用電腦打字
- ☐ 隨便寫沒關係
- ☐ 寫錯字沒關係
- ☐ _____
- ☐ _____
- ☐ _____

6 寫日記、週記是很正式的嗎？

- ☐ 是
- ☐ 不是
- ☐ 如果是給老師的作業就很正式

 動動手

一、請寫一篇日記或札記。

A. 今天是幾月幾號？是什麼天氣？

_____

_____

_____

B. 今天發生了什麼重要的事？

_____

_____

_____

C. 你的心情或想法怎麼樣？別人呢？

_____

_____

_____

D. 還有哪些別的需要記錄的？

_____

_____

_____

2. 怎麼寫：

範例一

2020 年 9 月 15 日　天氣晴

　　今天是中秋節，也是來台灣的第一個星期，晚上我和同學一起到公園去看又大又美的月亮。公園裡人山人海，熱鬧極了！有的人在吃月餅，有的人在烤肉，有的人一直在跟家人、朋友聊天。

　　我和同學坐在一大片草地上欣賞著掛在天空中的月亮，月亮圓得像個大盤子一樣。過了一會兒，就跑到雲裡面去了，只看得到一半的臉，好像在跟我們玩躲貓貓，真可愛！

　　聽說過中秋節還要吃一種叫「柚子」的水果，外面綠綠的，裡面白白的，大人常把柚子皮切成一頂帽子給小孩子戴。同學還告訴我，台灣人最愛在中秋節烤肉，可是為什麼要烤肉，也沒人說得清楚。只要快到中秋節了，走遍大街小巷，哪裡都是高高興興烤著肉的人。

　　我十分喜歡中秋節這個節日，因為不但能吃到美味的月餅，還能和同學、朋友一起享受美好的時間，只是沒有家人在身邊有點不習慣，希望很快就能適應了。

Èr líng èr líng nián jiǔ yuè shíwǔ rì tiānqì qíng

Jīntiān shì Zhōngqiū jié, yěshì lái Táiwān de dì yī ge xīngqí, wǎnshàng wǒ hé tóngxué yìqǐ dào gōngyuán qù kàn yòu dà yòu měi de yuèliàng. Gōngyuán lǐ rénshānrénhǎi, rè'nào jíle! Yǒude rén zài chī yuèbǐng, yǒude rén zài kǎoròu, yǒude rén yìzhí zài gēn jiārén, péngyǒu liáotiān.

Wǒ hé tóngxué zuò zài yídàpiàn cǎodì shàng xīnshǎngzhe guà zài tiānkōng zhōng de yuèliàng, yuèliàng yuán de xiàng ge dà pánzi yíyàng. Guò le yìhuǐr, jiù pǎodào yún lǐmiàn qù le, zhǐ kàndedào yíbàn de liǎn, hǎoxiàng zài gēn wǒmen wán duǒmāomāo, zhēn kě'ài!

Tīngshuō guò Zhōngqiū jié háiyào chī yì zhǒng jiào "yòuzi" de shuǐguǒ, wàimiàn lǜlǜde, lǐmiàn báibáide, dàrén cháng bǎ yòuzi pí qiēchéng yì dǐng màozi gěi xiǎo háizi dài. Tóngxué hái gàosù wǒ, Táiwān rén zuì'ài zài Zhōngqiū jié kǎoròu, kěshì wèishénme yào kǎoròu, yě méi rén shuō de qīngchǔ. Zhǐyào kuàidào Zhōngqiū jié le, zǒubiàn dàjiēxiǎoxiàng, nǎlǐ dōu kàndedào gāogāoxìngxìng kǎozhe ròu de rén.

Wǒ shífēn xǐhuān Zhōngqiū jié zhè ge jiérì, yīnwèi búdàn néng chīdào měiwèi de yuèbǐng, hái néng hé tóngxué, péngyǒu yìqǐ xiǎngshòu měihǎo de shíjiān, zhǐshì méiyǒu jiārén zài shēnbiān yǒudiǎn bù xíguàn, xīwàng hěn kuài jiù néng shìyìng le.

3. 請從上面的文章，找出下面每個問題的部分：

A. 今天是幾號？天氣怎麼樣？

_____

_____

B. 是什麼節日？

_____

_____

C. 第一段裡，他看到了什麼？

_____

_____

D. 第二段裡，他做了什麼？覺得怎麼樣？

_____

_____

E. 第三段裡，有什麼特別的事？

_____

_____

F. 第四段裡，他對這一天有什麼想法？

_____

_____

G. 你覺得有哪些可以學習的好句子？

_____

_____

H. 你有沒有差不多的經驗可以說說？

_____

_____

二、請寫一篇給學校老師看的週記。

1. 想一想：

A. 這個星期是第幾週？從幾號到幾號？

_____

_____

B. 這個星期發生了什麼重要的事？

_____

_____

C. 你的心情怎麼樣？別人呢？

_____

_____

D. 還有什麼值得記錄的？

_____

_____

2. 怎麼寫：

2020 年 10 月 12 日 - 18 日

　　為了讓學生了解不同國家的文化，學校在這星期舉辦了五天的文化週活動，請各國同學來表演。我們馬來西亞同學會在星期三那天，除了準備了各種各樣有特色的食物、馬來服以外，一起跳著舞的時候，也給大家介紹了我們國家美麗的風景。

　　後來我的好朋友金大明，請我們吃了韓國最有名的泡菜，泡菜看起來紅紅的，我以為什麼韓國菜都很辣，可是吃起來還好，有一點酸酸的，不像馬來菜一樣就是很辣。對我來說，只要是好朋友做的都好吃。

　　這個活動不但讓我認識了好幾個國家的文化生活，也讓我又認識了一些新朋友。他們約我以後有空到他們國家去旅行，我也歡迎他們來馬來西亞找我，我會帶他們玩遍我的家鄉。這真是一個讓大家交流的好活動，要是學校再辦，我一定還要參加。

範例二 拼音

Èr líng èr líng nián shí yuè shí'èr rì dào shíbā rì

　　Wèile ràng xuéshēng liǎojiě bùtóng guójiā de wénhuà, xuéxiào zài zhè xīngqí jǔbàn le wǔ tiān de wénhuà zhōu huódòng, qǐng gèguó tóngxué lái biǎoyǎn. Wǒmen Mǎláixīyà tóngxué huì zài xīngqí sān nàtiān, chúle zhǔnbèi le gèzhǒnggèyàng yǒu tèsè de shíwù, Mǎlái fú yǐwài, yìqǐ tiàozhe wǔ de shíhòu, yě gěi dàjiā jièshào le wǒmen guójiā měilì de fēngjǐng.

　　Hòulái wǒ de hǎo péngyǒu Jīn Dàmíng, qǐng wǒmen chī le Hánguó zuì yǒumíng de pàocài, pàocài kànqǐlái hónghóngde, wǒ yǐwéi shénme Hánguó cài dōu hěn là, kěshì chīqǐlái háihǎo, yǒuyìdiǎn suānsuānde, búxiàng Mǎlái cài yíyàng jiùshì hěn là. Duì wǒ láishuō, zhǐyào shì hǎo péngyǒu zuò de dōu hǎochī.

　　Zhè ge huódòng búdàn ràng wǒ rènshì le hǎojǐ ge guójiā de wénhuà shēnghuó, yě ràng wǒ yòu rènshì le yìxiē xīn péngyǒu. Tāmen yuē wǒ yǐhòu yǒukòng dào tāmen guójiā qù lǚxíng, wǒ yě huānyíng tāmen lái Mǎláixīyà zhǎo wǒ, wǒ huì dài tāmen wánbiàn wǒ de jiāxiāng. Zhè zhēnshì yí ge ràng dàjiā jiāoliú de hǎo huódòng, yàoshì xuéxiào zài bàn, wǒ yídìng háiyào cānjiā.

3. 請從上面的文章，找出下面每個問題的部分：

A. 這篇文章裡寫的是什麼時候的事？

_____

_____

B. 第一段裡，重要的事有哪些？

_____

_____

C. 第二段裡，還發生了什麼特別的事？

_____

_____

D. 第三段裡，他對這個活動有什麼想法？

_____

_____

E. 你覺得有什麼可以學習的好句子？

_____

_____

F. 你有沒有差不多的經驗可以說說？

_____

_____

 生詞

生詞 (正體)	生詞 (簡體)	漢語拼音	詞性	英文解釋
1	札記	札记	zhájì	N	reading notes / note

▶ 例：我在讀書的時候，習慣寫札記，記錄每課的重點。睡前有空
的話，也會在臉書　上寫寫札記，記錄一些生活趣事。
Wǒ zài dúshū de shíhòu, xíguàn xiě zhájì, jìlù měi kè de
zhòngdiǎn. Shuì qián yǒukòng dehuà, yě huì zài Liǎnshū shàng
xiěxiě zhájì, jìlù yìxiē shēnghuó qùshì.
＊臉書（liǎnshū）：Facebook

| 2 | 仿 | 仿 | fǎng | V | to imitate /
to copy |

▶ 例：這張畫是仿的，不是那位名畫家畫的。
Zhè zhāng huà shì fǎng de, búshì nà wèi míng huàjiā huà de.

| 3 | 內容 | 内容 | nèiróng | N | content / details |

▶ 例：這封信的內容，寫的都是要請老師幫忙寫推薦函的事。
Zhè fēng xìn de nèiróng, xiě de dōu shì yào qǐng lǎoshī
bāngmáng xiě tuījiànhán de shì.

| 4 | 參考 | 参考 | cānkǎo | V/N | to consult /
to refer/
consultation /
reference |

▶ 例：
A：這是我找到的資料，給你做個參考。
B：好，我參考參考，再決定怎麼做，謝謝。
A：Zhè shì wǒ zhǎodào de zīliào, gěi nǐ zuò ge cānkǎo.
B：Hǎo, wǒ cānkǎo cānkǎo, zài juédìng zěnme zuò, xièxie.

5	抄	抄	chāo	V	to make a copy / to transcribe

▶ 例：老師說：「抄別人的功課就零分。」他還把這句話寫在白板上，要我們抄下來。

Lǎoshī shuō: " Chāo biérén de gōngkè jiù líng fēn." Tā hái bǎ zhè jù huà xiě zài báibǎn shàng, yào wǒmen chāo xiàlái.

6	材料	材料	cáiliào	N	material / data

▶ 例：原來做這道菜需要準備這麼多材料，真是太麻煩你了！

Yuánlái zuò zhè dào cài xūyào zhǔnbèi zhème duō cáiliào, zhēnshì tài máfán nǐ le!

7	祕密	祕密	mìmì	N	secret

▶ 例：我的日記裡寫了很多不能讓父母知道的祕密。

Wǒ de rìjì lǐ xiě le hěnduō bùnéng ràng fùmǔ zhīdào de mìmì.

8	人山人海	人山人海	rénshānrénhǎi	IE	crowded / extremely crowded

▶ 例：百貨公司打折的時候，總是人山人海。

Bǎihuò gōngsī dǎzhé de shíhòu, zǒngshì rénshānrénhǎi.

9	月餅	月饼	yuèbǐng	N	mooncake

▶ 例：華人過中秋節都要吃月餅，大部分的月餅都是甜的。

Huárén guò Zhōngqiū jié dōu yào chī yuèbǐng, dàbùfèn de yuèbǐng dōu shì tián de.

10	欣賞	欣赏	xīnshǎng	Vst	to appreciate / to enjoy / to admire

▶ 例：老師說他很欣賞我寫的書法，希望我能去參加比賽。

Lǎoshī shuō tā hěn xīnshǎng wǒ xiě de shūfǎ, xīwàng wǒ néng qù cānjiā bǐsài.

11　躲貓貓　　躲猫猫　　duǒmāomāo　　N　　hide-and-seek / peekaboo

▶ 例：小時候我最喜歡跟朋友玩躲貓貓，有時候躲在房子後面，有時候躲在爸爸的車子裡面。
　　Xiǎoshíhòu wǒ zuì xǐhuān gēn péngyǒu wán duǒmāomāo, yǒushíhòu duǒ zài fángzi hòumiàn, yǒushíhòu duǒ zài bàba de chēzi lǐmiàn.

12　柚子　　柚子　　yòuzi　　N　　pomelo

▶ 例：中秋節一定要吃的水果就是柚子。
　　Zhōngqiū jié yídìng yào chī de shuǐguǒ jiùshì yòuzi.

13　頂　　頂　　dǐng　　M　　measure word for hat / cap

▶ 例：我的摩托車裡還有一頂安全帽，可以借你戴。
　　Wǒ de mótuōchē lǐ háiyǒu yì dǐng ānquánmào, kěyǐ jiè nǐ dài.

14　大街小巷　　大街小巷　　dàjiēxiǎoxiàng　　IE　　everywhere in the city

▶ 例：王先生開著一輛車，走過大街小巷，賣他自己做的麵包。
　　Wáng xiānshēng kāizhe yí liàng chē, zǒuguò dàjiēxiǎoxiàng, mài tā zìjǐ zuò de miànbāo.

15　十分　　十分　　shífēn　　Adv　　very / extremely

▶ 例：因為這個杯子上畫的狗十分可愛，所以我買了。
　　Yīnwèi zhè ge bēizi shàng huà de gǒu shífēn kě'ài, suǒyǐ wǒ mǎi le.

16　美味　　美味　　měiwèi　　Vs　　delicious

▶ 例：這家餐廳的菜都很美味，所以一到吃飯時間就人山人海。
　　Zhè jiā cāntīng de cài dōu hěn měiwèi, suǒyǐ yí dào chīfàn shíjiān jiù rénshānrénhǎi.

| 17 | 享受 | 享受 | xiǎngshòu | Vs/N | to enjoy / enjoyment |

▶ 例：週末晚上跟家人、朋友一起享受美味的食物，是一種享受。
Zhōumò wǎnshàng gēn jiārén, péngyǒu yìqǐ xiǎngshòu měiwèi de shíwù, shì yì zhǒng xiǎngshòu.

| 18 | 身邊 | 身边 | shēnbiān | N | at one's side |

▶ 例：小張很愛車，身邊的朋友也都是喜歡玩車的。
Xiǎo Zhāng hěn ài chē, shēnbiān de péngyǒu yě dōu shì xǐhuān wán chē de.

| 19 | 適應 | 适应 | shìyìng | Vs | to adapt / to fit / to suit |

▶ 例：我已經適應了新環境，在這裡的一切都沒問題了。
Wǒ yǐjīng shìyìng le xīn huánjìng, zài zhèlǐ de yíqiè dōu méi wèntí le.

| 20 | 各 | 各 | gè | Adv | each / every |

▶ 例：我跟室友平常都是各吃各的，一塊兒去餐廳吃飯也是各付各的。
Wǒ gēn shìyǒu píngcháng dōu shì gè chī gè de, yíkuàr qù cāntīng chīfàn yěshì gè fù gè de.

| 21 | 特色 | 特色 | tèsè | N | characteristic / feature |

▶ 例：他唱高音的時候，能唱得比一般人高得多，是一大特色。
Tā chàng gāoyīn de shíhòu, néng chàng de bǐ yìbān rén gāo de duō, shì yí dà tèsè.

22	美麗	美丽	měilì	Vs	beautiful

▶ 例：「漂亮」常用來說眼睛看到的、外面的樣子，「美麗」是從
心裡面發出來的美好，給別人很特別的感覺。
"Piàoliàng" cháng yònglái shuō yǎnjīng kàndào de, wàimiàn
de yàngzi, "měilì" shì cóng xīn lǐmiàn fā chūlái de měihǎo, gěi
biérén hěn tèbié de gǎnjué.

23	泡菜	泡菜	pàocài	N	pickled cabbage / kimchi

▶ 例：泡菜不只有韓國有，別的國家也有，但是各有各的特色。
Pàocài bù zhǐyǒu Hánguó yǒu, biéde guójiā yě yǒu, dànshì gè
yǒu gè de tèsè.

24	遍	遍	biàn	Vp	everywhere / all over

▶ 例：我想去夜市吃遍美味的台灣小吃，請問誰能幫我介紹一下？
Wǒ xiǎng qù yèshì chībiàn měiwèi de Táiwān xiǎochī, qǐngwèn
shéi néng bāng wǒ jièshào yíxià?

25	家鄉	家乡	jiāxiāng	N	hometown / native land

▶ 例：年輕人畢業以後，都願意回到家鄉去工作、照顧父母嗎？
Niánqīng rén bìyè yǐhòu, dōu yuànyì huídào jiāxiāng qù
gōngzuò, zhàogù fùmǔ ma?

 句型

	句型 （正體）	句型 （简体）	漢語拼音	英文解釋
1	V 著……	V 着……	V zhe…	means the activity is ongoing and keeping the situation.

★用法說明：

1. 「V 著」重要的是一個動作（V）做了一次以後，這個動作的樣子一直不改變，就都在一樣的情況中，跟「在 V」不一樣。

2. 「在 V」重要的是正在做這個動作，這個動作可以一直做很多次。

▌例：張先生戴著一頂綠色的帽子，大家都笑他。
　　　Zhāng xiānshēng dàizhe yì dǐng lǜsè de màozi, dàjiā dōu xiào tā.

▌例：請幫我拿著這個，我來開門。
　　　Qǐng bāng wǒ názhe zhè ge, wǒ lái kāimén.

練習一：捷運上都沒位子了，_____。

練習二：

　　A：醫生說睡覺前看手機對眼睛很不好，為什麼？

　　B：_____。

| 2 | 像……
一樣 | 像……
一样 | xiàng…
yíyàng | just like… / the same as |

★用法說明：

通常是「A 像 B」，所以 B 是本來就有的人事物或樣子，然後拿 A 跟 B 比，結果 A 和 B 差不多。

例：家華是我最好的朋友，就像我弟弟一樣。
Jiāhuá shì wǒ zuì hǎo de péngyǒu, jiù xiàng wǒ dìdi yíyàng.

例：她剛運動完，臉紅得像蘋果一樣。
Tā gāng yùndòng wán, liǎn hóng de xiàng píngguǒ yíyàng.

練習一：今年夏天特別熱，＿＿＿＿＿＿＿＿＿＿＿＿＿＿＿。

練習二：

A：你為什麼特別喜歡陳老師？

B：＿＿＿＿＿＿＿＿＿＿＿＿＿＿＿。

| 3 | XX
（YY）的 | XX
（YY）的 | XX
（YY）de | reduplication of stative verbs / a higher level of said adjective |

★用法說明：

用「XX（YY）的」來說人事物，會讓人覺得比原來有的程度變得更高。

例：她的眼睛大大的，嘴小小的，鼻子高高的，好漂亮！
Tā de yǎnjīng dàdàde, zuǐ xiǎoxiǎode, bízi gāogāode, hǎo piàoliàng!

▌例：你做的泡菜酸酸辣辣的，正合我的口味。
　　Nǐ zuò de pàocài suānsuānlàlàde, zhèng hé wǒ de
　　kǒuwèi.

練習一：那碗湯在桌上放了很久了，＿＿＿＿＿＿＿＿＿＿，別喝了。

練習二：

　　A：你喜歡住在什麼樣的地方？

　　B：＿＿＿＿＿＿＿＿＿＿＿＿＿＿＿＿＿＿＿。

4	V 遍……	V 遍……	V biàn…	to go over / once over

★用法說明：
　　強調對每個地方、每個人事物都做了一次這個動作（V），
沒有沒做到的。

▌例：李老師找遍了各大書店，才買到這本書的。
　　Lǐ lǎoshī zhǎobiàn le gè dà shūdiàn, cái mǎidào zhè běn
　　shū de.

▌例：想在一天中就把這座圖書館裡的影片都看遍，應該不可能。
　　Xiǎng zài yì tiān zhōng jiù bǎ zhè zuò túshūguǎn lǐ de
　　yǐngpiàn dōu kànbiàn, yīnggāi bù kěnéng.

練習一：＿＿＿＿＿＿＿＿＿＿＿＿＿＿＿＿，我們換一家喝吧！

練習二：

　　A：你不是要買新電腦嗎？怎麼還沒買？

　　B：＿＿＿＿＿＿＿＿＿＿＿＿＿＿＿＿＿＿＿。

寫作時間

一、請按照範例一的內容，仿寫一篇日記或生活札記。

裡面要有下面四件事： 1. 你記錄的是哪一天？

2. 為什麼要寫下這件/些事？

3. 事情的經過怎麼樣？

4. 對這一天或這件/些事你有什麼想法？

二、請按照範例二的內容，仿寫一篇週記。

◇裡面要有下面四件事： 1. 這是什麼時候發生的？

2. 為什麼要寫下這件／些事？

3. 事情的經過怎麼樣？

4. 對這一週或這件／些事你有什麼想法？

1. 在一開始不知道怎麼寫的時候，仿寫是很好的學習方法。

2. 仿寫一定要注意，是「仿」，不是「抄」。可以學習別人的好句子跟寫作的好方法，但是要用自己的話寫出來。

3. 華語寫作最少要寫三段，四段最好。不分段的文章不好，不過如果字數很少（比如說只有幾句話）的時候，就不需要分段了。

一起看影片！

第二課

寫 記 錄

#2

仿寫（二）：會議記錄、活動記錄

動動腦

一、什麼是記錄？會議記錄和活動記錄呢？

1 「記錄」：記（記得、寫）＋錄（記下來、寫下來）。

A. 就是把什麼人說的話、在哪裡、什麼時間、發生了什麼事寫下來。

B. 記錄下來留存的也叫「記錄」。

2 「會議」：會（在一起、開會）＋議（討論、談事情）。

3 「會議記錄」就是大家正式地在一起開會討論事情，然後把討論的內容寫下來。需要記錄的有：

A. 會議名稱：開的是什麼會、第幾次開會？

B. 參加人員：

    a. 參加的人有哪些（大家的姓名）？

    b. 有幾個人？

    c. 主席姓名。

    d. 記錄者的姓名。

    e. 請假者的姓名。

C. 會議時間：開會的時間是什麼時候？

D. 會議地點：在哪裡開會？

E. 討論事項：主席說了什麼？別的參加者說了什麼？討論了哪些事？有什麼意見？

F. 決議：經過大家討論以後，最後是怎麼決定的？

G. 臨時動議：原來不在討論事項裡的事，在開會時才提出來討論的。

H. 散會：會議結束。

I. 主席、記錄簽名，請他們再看一次內容對不對，沒問題了就請主席和記錄簽名。

4　「活動記錄」：就是把活動的經過記錄下來。內容有：

A. 活動名稱：這是什麼活動？

B. 活動時間：活動是什麼時候？

C. 活動地點：活動是在什麼地方舉辦的？

D. 活動對象、參加人數：誰可以來參加？有多少人參加？

E. 活動內容：簡單地說明活動的情況，例如在哪裡、什麼時間、發生了什麼事。

F. 活動檢討：這次活動有什麼問題？下次再辦，應該怎麼做會更好？

G. 指導老師簽名：如果這次活動，有老師幫忙，是哪位老師負責指導的？做完記錄以後請他簽名。

H. 活動照片：貼幾張重要的活動照，比如說團體照、怎麼做活動的照片、開心的照片什麼的。

二、再想一想

1 為什麼要做記錄？

- ☐ 要交給學校、公司……
- ☐ 讓參加的人知道討論了什麼事？結果怎麼樣？
- ☐ 讓沒有參加的人知道討論了什麼事？結果怎麼樣？
- ☐ 以後可以再拿出來看，參考之前討論過、做過的事
- ☐ 下次開會時，可以知道上次討論過哪些事？哪些事還沒討論？
- ☐ 別人看到了，就可以知道事情能怎麼做
- ☐ _____

2 什麼時候用？

- ☐ 要交作業、工作報告
- ☐ 把開會時、活動時發生的事情記錄下來
- ☐ 把心情記錄下來
- ☐ 希望記住開會討論的事
- ☐ 希望記住活動發生的事
- ☐ _____

3 可以在「會議記錄」裡面記錄什麼？

- ☐ 日期、時間、參加的人、主席是誰、記錄是誰、誰沒來開會？
- ☐ 主席說了什麼？
- ☐ 上次開會討論了什麼？今天要討論什麼？

☐ 討論了什麼事？討論的結果
☐ 投票的結果
☐ 有哪些人同意討論的結果？
☐ 主席、記錄簽名
☐ _____

4 可以在「活動記錄」裡面記錄什麼？

☐ 日期、時間、參加的人、活動的名字？記錄是誰？
☐ 誰沒來參加活動？
☐ 活動發生了什麼事？
☐ 活動有哪裡辦得不好？怎麼做會更好？
☐ 參加活動的心得
☐ 貼上活動照
☐ 記錄、老師或是主管簽名
☐ _____

5 做記錄的時候應該注意什麼？

☐ 隨便寫沒關係
☐ 不是真的也可以寫
☐ 可以自己用手寫
☐ 可以用電腦打字，寫錯字沒關係
☐ _____

6 寫會議記錄、活動記錄是很正式的嗎？

☐ 是
☐ 不是

一、請寫一篇公司的會議記錄。

1. 想一想：

A. 為什麼要開會？重要的事有哪些？

_____

B. 今天是幾月幾號？會議從幾點到幾點？在哪裡開會？

_____

C. 有哪些人參加？誰是主席、記錄？誰沒有來？為什麼？

_____

D. 開會的時候誰說了什麼？提出了什麼意見？

_____

E. 開會討論的結果？還有什麼事是臨時提出來討論的？結果怎麼樣？

_____

2. 怎麼寫：

範例一

紅運公司會議記錄

| 日期 | 2020 年 9 月 19 日 | 出席人數 | 15 | 缺席人數 | 2 | 會議地點 | 302會議室 |

主席：林大明　　　　　　　　　　記錄：錢小美

主席報告

　　本月公司的收入受到新冠肺炎的影響，下降了百分之五，希望大家能一起想想辦法，解決運動鞋賣不出去的問題。

各組報告

行銷組　　　本月的市場反應都不如過去，出去運動的人少了很多，買鞋的人就跟著少了很多。建議生產組減少生產，解決庫存問題。

採購組　　　因為受到新冠肺炎的影響，很多從中國進口的原物料都變貴不少，而且產量減少，原物料的庫存量變得很難算，總成本也會受到影響，因此建議提高售價。

生產組　　　因為銷量減少，產量也跟著減少，部分工人已放無薪假，是否應該資遣部分工人？

討論事項和決議：

一、是否再減產 10%？
　　投票結果：同意 9 人，不同意 4 人。
　　決議：減產 10%。
二、是否提高 15% 的售價來增加公司收入？
　　投票結果：同意 11 人，不同意 2 人。
　　決議：提高 15% 的售價。

三、是否資遣 3% 的工人來降低成本？
　　投票結果：同意 5 人，不同意 8 人。
　　決議：不資遣工人。
主席報告：
　　一、請生產組按照決議先減產 10%，行銷組把售價提高 15%，採購組配合生產和行銷的狀況，採購需要的原物料量，再看公司的收入是否能增加。
　　二、不可資遣工人，無薪假的問題，看新冠肺炎疫情發展的狀況再決定該怎麼處理。
四、臨時動議：主席建議全公司每週五放無薪假，減少人事成本。
　　決議：全體通過。
主席報告：謝謝大家願意配合，幫助公司度過困難。

　　　　主席簽名　　　　　　　　　　　記錄簽名

	Hóngyùn Gōngsī Huìyì Jìlù						
rìqí	2020 nián 9 yuè 19 rì	chūxí rénshù	15	quēxí rénshù	2	huìyì dìdiǎn	302 huìyì shì
Zhǔxí: Lín Dàmíng				Jìlù: Qián Xiǎoměi			

Zhǔxí bàogào	Běn yuè gōngsī de shōurù shòudào Xīnguān Fèiyán de yǐngxiǎng, xiàjiàng le bǎi fēn zhī wǔ, xīwàng dàjiā néng yìqǐ xiǎngxiǎng bànfǎ, jiějué yùndòng xié mài bù chūqù de wèntí.	
gè zǔ bàogào	Xíngxiāo zǔ	Běn yuè de shìchǎng fǎnyìng dōu bùrú guòqù, chūqù yùndòng de rén shǎo le hěnduō, mǎi xié de rén jiù gēnzhe shǎo le hěnduō. Jiànyì Shēngchǎn zǔ jiǎnshǎo shēngchǎn, jiějué kùcún wèntí.
	Cǎigòu zǔ	Yīnwèi shòudào Xīnguān Fèiyán de yǐngxiǎng, hěnduō cóng Zhōngguó jìnkǒu de yuánwùliào dōu biàn guì bùshǎo, érqiě chǎnliàng jiǎnshǎo, yuánwùliào de kùcún liàng biànde hěn nán suàn, zǒng chéngběn yě huì shòudào yǐngxiǎng, yīncǐ jiànyì tígāo shòujià.
	Shēngchǎn zǔ	Yīnwèi xiāoliàng jiǎnshǎo, chǎnliàng yě gēnzhe jiǎnshǎo, bùfèn gōngrén yǐ fàng wúxīnjià, shìfǒu yīnggāi zīqiǎn bùfèn gōngrén?

tǎolùn shìxiàng hé juéyì	Yī, shìfǒu zài jiǎnchǎn bǎi fēn zhī shí?
	    Tóupiào jiéguǒ: Tóngyì 9 rén, bù tóngyì 4 rén.
	    Juéyì: Jiǎnchǎn bǎi fēn zhī shí.
	Èr, shìfǒu tígāo bǎi fēn zhī shíwǔ de shòujià lái zēngjiā gōngsī shōurù?
	    Tóupiào jiéguǒ: Tóngyì 11 rén, bù tóngyì 2 rén.
	    Juéyì: Tígāo bǎi fēn zhī shíwǔ de shòujià.
	Sān, shìfǒu zīqiǎn bǎi fēn zhī sān de gōngrén lái jiàngdī chéngběn?
	    Tóupiào jiéguǒ: Tóngyì 5 rén, bù tóngyì 8 rén.
	    Juéyì: Bù zīqiǎn gōngrén.
	Zhǔxí bàogào:
	    Yī, qǐng Shēngchǎn zǔ ànzhào juéyì xiān jiǎnchǎn bǎi fēn zhī shí,
	    Xíngxiāo zǔ bǎ shòujià tígāo bǎi fēn zhī shíwǔ, Cǎigòu zǔ
	    pèihé shēngchǎn hé xíngxiāo de zhuàngkuàng, cǎigòu xūyào de
	    yuánwùliào liàng, zài kàn gōngsī de shōurù shìfǒu néng zēngjiā.
	    Èr, bùkě zīqiǎn gōngrén, wúxīnjià de wèntí, kàn Xīnguān Fèiyán yìqíng
	    fāzhǎn de zhuàngkuàng zài juédìng gāi zěnme chǔlǐ.
	Sì, línshí dòngyì: Zhǔxí jiànyì quán gōngsī měi zhōu wǔ fàng wúxīnjià,
	    jiǎnshǎo rénshì chéngběn.
	    Juéyì: Quántǐ tōngguò.
	Zhǔxí bàogào: Xièxie dàjiā yuànyì pèihé, bāngzhù gōngsī dùguò kùnnán.	

Zhǔxí qiānmíng	Jìlù qiānmíng	

A. 這個會是什麼時候開的？在哪裡開的？

_____

B. 來了幾個人？幾個人沒來？

_____

C. 主席是誰？記錄是誰？

_____

D. 會議一開始，主席說了什麼？

_____

_____

E. 行銷組報告了什麼問題？

_____

_____

F. 採購組呢？

_____

_____

G. 生產組呢？

_____

_____

H. 決議一是什麼？為什麼有這樣的結果？

_____

_____

I. 決議二呢？

_____

_____

J. 決議三呢？

_____

_____

K. 有沒有臨時動議？如果有，誰提出了什麼？

_____

_____

L. 臨時動議的決議是什麼？

_____

_____

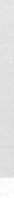

筆記欄

二、請寫一篇給學校老師看的社團活動記錄。

A. 這是什麼社團的什麼活動？

_____

_____

B. 活動的時間是什麼時候？在哪裡？誰可以參加？有多少人參加？

_____

_____

C. 活動時發生了哪些重要的事？哪些地方可以做得更好？

_____

_____

D. 要找哪一位老師簽名？

_____

_____

E. 可以貼哪些照片？

_____

_____

2. 怎麼寫：

範例二

社團活動記錄表

社團名稱：直排輪社　　　　活動名稱：校園直排輪路跑活動

活動時間：11 月 30 日　　　　活動地點：第一大學

活動對象：直排輪社社員　　　　參加人數：10 人

活動內容：

　　為了讓更多人認識直排輪運動，也為了讓社員們的感情變得更好，所以在學校舉辦路跑活動。下午的時候，大家一起在校園溜了一圈，我們都非常注意安全，也互相幫助，這次活動舉辦得非常成功。

活動建議：

1. 因為還有同學不太會溜冰，所以沒有一起參加直排輪路跑活動，非常可惜。希望社員可以多多練習，下次能有更多人參加。
2. 因為路上很危險，所以一定要戴好護具，也不可以溜得太快，要保護好自己，也要保護好別人。

指導老師簽名：陳佳佳

活動照片：

範例二拼音

Shètuán Huódòng Jìlù Biǎo

Shètuán míngchēng: Zhípáilún shè

Huódòng míngchēng:
Xiàoyuán zhípáilún lùpǎo huódòng

Huódòng shíjiān: 11 yuè 30 rì

Huódòng dìdiǎn: Dìyī Dàxué

Huódòng duìxiàng: Zhípáilún Shè shèyuán

Cānjiā rénshù:10 rén

Huódòng nèiróng:

Wèile ràng gèng duō rén rènshì zhípáilún yùndòng, yě wèile ràng shèyuánmen de gǎnqíng biànde gèng hǎo, suǒyǐ zài xuéxiào jǔbàn lùpǎo huódòng. Xiàwǔ de shíhòu, dàjiā yìqǐ zài xiàoyuán liū le yì quān, wǒmen dōu fēicháng zhùyì ānquán, yě hùxiāng bāngzhù, zhè cì huódòng jǔbàn de fēicháng chénggōng.

Huódòng jiànyì:

Yī, Yīnwèi háiyǒu tóngxué bútài huì liūbīng, suǒyǐ méiyǒu yìqǐ cānjiā zhípáilún lùpǎo huódòng, fēicháng kěxí. Xīwàng shèyuán kěyǐ duōduō liànxí, xiàcì néng yǒu gèng duō rén cānjiā.

Èr, Yīnwèi lùshàng hěn wéixiǎn, suǒyǐ yídìng yào dàihǎo hùjù, yě bù kěyǐ liū de tài kuài, yào bǎohùhǎo zìjǐ, yě yào bǎohùhǎo biérén.

Zhǐdǎo lǎoshī qiānmíng: Chén Jiājiā

Huódōng zhàopiàn:

3. 請從上面的文章，找出下面每個問題的部分：

A. 這個社團叫什麼名字？

_____

B. 他們辦了什麼活動？

_____

C. 活動是什麼時候辦的？在哪裡辦的？

_____

_____

D. 這個活動是為了誰辦的？來了幾個人？

_____

_____

E. 為什麼要辦這次活動？辦得怎麼樣？為什麼？

_____

_____

F. 這次活動有什麼問題嗎？如果有，應該怎麼解決？

_____

_____

G. 指導老師是誰？

_____

 生詞

生詞（正體）	生詞（簡体）	漢語拼音	詞性	英文解釋
1 會議	会议	huìyì	N	meeting / conference

▶ 例：明天的會議非常重要，請大家一定準時來開會。
Míngtiān de huìyì fēicháng zhòngyào, qǐng dàjiā yídìng zhǔnshí lái kāihuì.

| 2 討論 | 讨论 | tǎolùn | V | to discuss / to talk over |

▶ 例：下次會議要討論中秋節的活動，請負責人先準備。
Xiàcì huìyì yào tǎolùn Zhōngqiū jié de huódòng, qǐng fùzérén xiān zhǔnbèi.

| 3 主席 | 主席 | zhǔxí | N | chairperson / premier / chairman |

▶ 例：明天的會議由陳老師當主席，會報告辦運動會的事。
Míngtiān de huìyì yóu Chén lǎoshī dāng zhǔxí, huì bàogào bàn yùndònghuì de shì.

| 4 事項 | 事项 | shìxiàng | N | matter / item |

▶ 例：需要注意的事項都寫在這裡了，請參考。
Xūyào zhùyì de shìxiàng dōu xiě zài zhèlǐ le, qǐng cānkǎo.

5	決議	决议	juéyì	V/N	resolution / decision (of a congress)

▶ 例：去年的會議決議不派學費了，如果要改變這項決議，就要再開一次會。

　Qùnián de huìyì juéyì bù zhǎng xuéfèi le, rúguǒ yào gǎibiàn zhè xiàng juéyì, jiù yào zài kāi yí cì huì.

6	臨時動議	临时动议	línshí dòngyì	N	extempore motion / extempore

▶ 例：這個問題是臨時*動議提出來的，不是先安排好的。

　Zhè ge wèntí shì línshí dòngyì tí chūlái de, búshì xiān ānpáihǎo de.

*臨時（línshí）：at the instant sth happens / temporary / interim

7	散會	散会	sànhuì	V	adjournment

▶ 例：如果沒有別的問題，今天的會就開到這裡，可以散會了。

　Rúguǒ méiyǒu biéde wèntí, jīntiān de huì jiù kāidào zhèlǐ, kěyǐ sànhuì le.

8	名稱	名称	míngchēng	N	name / title / heading

▶ 例：這個會議名稱是不是寫錯了？我們要開的不是這個會。

　Zhè ge huìyì míngchēng shì búshì xiěcuò le? Wǒmen yào kāi de búshì zhè ge huì.

9	檢討	检讨	jiǎntǎo	V/N	to examine or inspect / self-criticism / review

▶ 例：老闆要行銷組做個檢討，檢討上個月銷量不好的問題。

　Lǎobǎn yào Xíngxiāo zǔ zuò ge jiǎntǎo, jiǎntǎo shàng ge yuè xiāoliàng bù hǎo de wèntí.

| 10 | 指導 | 指导 | zhǐdǎo | V | to guide / to give directions / to direct / to coach |

▶ 例：我剛到新公司來的時候，都是張先生指導我應該怎麼做的。

Wǒ gāngdào xīn gōngsī lái de shíhòu, dōu shì Zhāng xiānshēng zhǐdǎo wǒ yīnggāi zěnme zuò de.

| 11 | 出席 | 出席 | chūxí | Vi | to attend / to participate / to be present |

▶ 例：校長明天會不會出席我們的活動？

Xiàozhǎng míngtiān huì búhuì chūxí wǒmen de huódòng?

| 12 | 缺席 | 缺席 | quēxí | Vi | absence / absent |

▶ 例：期末考一定不能缺席，老師說缺席就是零分。

Qímò kǎo yídìng bùnéng quēxí, lǎoshī shuō quēxí jiùshì líng fēn.

| 13 | 本 | 本 | běn | Det | this |

▶ 例：本週共有五位學生缺席，兩位生病了，還有三位是去辦居留證了。

Běn zhōu gòngyǒu wǔ wèi xuéshēng quēxí, liǎng wèi shēngbìng le, háiyǒu sān wèi shì qù bàn jūliúzhèng le.

| 14 | 新冠肺炎 | 新冠肺炎 | Xīnguān Fèiyán | N | Coronavirus disease |

▶ 例：新冠肺炎 * 是 2019 年開始發生的。

Xīnguān Fèiyán shì èr líng yī jiǔ nián kāishǐ fāshēng de.

＊肺炎（fèiyán）：pneumonia

15	解決	解决	jiějué	Vi	to settle / to resolve / to solve

▶ 例：發現了問題就要馬上解決，要不然會更麻煩。

　　Fāxiàn le wèntí jiù yào mǎshàng jiějué, yàobùrán huì gèng máfán.

16	建議	建议	jiànyì	V/N	to propose / to suggest / to recommend / proposal / suggestion / recommendation

▶ 例：A：請問主席對這項臨時動議有什麼建議？

　　B：我建議先交給採購組好好討論再決定。

　　A：Qǐngwèn zhǔxí duì zhè xiàng línshí dòngyì yǒu shénme jiànyì?

　　B：Wǒ jiànyì xiān jiāogěi Cǎigòu zǔ hǎohǎo tǎolùn zài juédìng.

17	生產	生产	shēngchǎn	Vi	to produce / to manufacture

▶ 例：這家工廠是生產皮包的。

　　Zhè jiā gōngchǎng shì shēngchǎn píbāo de.

18	庫存	库存	kùcún	N	stock

▶ 例：這本書已經沒有庫存，買不到了。

　　Zhè běn shū yǐjīng méiyǒu kùcún, mǎibúdào le.

19	採購	采购	cǎigòu	Vi	to procure / to purchase

▶ 例：快過年了，我要快點去採購年貨。

　　Kuài guònián le, wǒ yào kuàidiǎn qù cǎigòu niánhuò.

| 20 | 量 | 量 | liàng | N | capacity / quantity / amount |

▷ 例：人一天應該喝多少量的水才健康？

　　Rén yì tiān yīnggāi hē duōshǎo liàng de shuǐ cái jiànkāng?

| 21 | 成本 | 成本 | chéngběn | N | costs |

▷ 例：做生意得考慮成本，成本太高就很難成功。

　　Zuò shēngyì děi kǎolǜ chéngběn, chéngběn tài gāo jiù hěn nán chénggōng.

| 22 | 售價 | 售价 | shòujià | N | selling price |

▷ 例：售價太高，還會有人買嗎？

　　Shòujià tài gāo, hái huì yǒurén mǎi ma?

| 23 | 銷量 | 销量 | xiāoliàng | N | sales volume |

▷ 例：因為新冠肺炎的問題，讓口罩 * 的銷量打破了紀錄。

　　Yīnwèi Xīnguān Fèiyán de wèntí, ràng kǒuzhào de xiāoliàng dǎpò le jìlù.

　　* 口罩（kǒuzhào）：mask

| 24 | 產量 | 产量 | chǎnliàng | N | output |

▷ 例：那個國家石油的產量是最高的。

　　Nà ge guójiā shíyóu de chǎnliàng shì zuì gāo de.

| 25 | 無薪假 | 无薪假 | wúxīnjià | N | unpaid leave |

▷ 例：放無薪假是不是就沒有薪水了？

　　Fàng wúxīnjià shì búshì jiù méiyǒu xīnshuǐ le?

| 26 | 是否 | 是否 | shìfǒu | Adv | is it alright/ok？（asking for verification） |

▶ 例：明天的會議我可能會缺席，是否需要先請假？

Míngtiān de huìyì wǒ kěnéng huì quēxí, shìfǒu xūyào xiān qǐngjià?

| 27 | 資遣 | 资遣 | zīqiǎn | Vi | to dismiss with severance pay / to pay sb off |

▶ 例：他們公司最近發生了很大的問題，資遣了不少員工。

Tāmen gōngsī zuìjìn fāshēng le hěn dà de wèntí, zīqiǎn le bùshǎo yuángōng.

| 28 | 疫情 | 疫情 | yìqíng | N | epidemic |

▶ 例：那個地方的疫情很嚴重，建議你不要去。

Nà ge dìfāng de yìqíng hěn yánzhòng, jiànyì nǐ búyào qù.

| 29 | 人事 | 人事 | rénshì | N | personnel / human resources |

▶ 例：一家公司如果有人事問題，就很容易出狀況。

Yì jiā gōngsī rúguǒ yǒu rénshì wèntí, jiù hěn róngyì chū zhuàngkuàng.

| 30 | 全體 | 全体 | quántǐ | N | all / entire |

▶ 例：要過年了，老闆給全體員工，每人一個大紅包。

Yào guònián le, lǎobǎn gěi quántǐ yuángōng, měi rén yí ge dà hóngbāo.

| 31 | 度過 | 度过 | dùguò | Vi | to pass / to spend (time) / to survive / to get through |

▶ 例：新年和中秋節都是華人的大節日，都要和家人一起度過。

　　Xīnnián hé Zhōngqiū jié dōu shì Huárén de dà jiérì, dōu yào hé jiārén yìqǐ dùguò.

| 32 | 直排輪 | 直排轮滑 | zhípáilúnhuá/zhípáilúnhuá | N | roller skates |

▶ 例：溜＊直排輪跟溜冰有什麼不一樣？

　　Liū zhípáilún gēn liūbīng yǒu shénme bù yíyàng?

　　＊溜（liū）：to skate

| 33 | 對象 | 对象 | duìxiàng | N | target / object / partner |

▶ 例：這次公司辦的爬山活動，參加對象是還沒結婚的員工。

　　Zhècì gōngsī bàn de páshān huódòng, cānjiā duìxiàng shì háiméi jiéhūn de yuángōng.

| 34 | 互相 | 互相 | hùxiāng | Adv | each other |

▶ 例：好朋友應該互相幫助。

　　Hǎo péngyǒu yīnggāi hùxiāng bāngzhù.

| 35 | 護具 | 护具 | hùjù | N | protective gear |

▶ 例：運動前最好先穿戴好護具，要不然容易受傷＊。

　　Yùndòng qián zuìhǎo xiān chuāndàihǎo hùjù, yàobùrán róngyì shòushāng.

　　＊受傷（shòushāng）：to sustain injuries / wounded (in an accident etc) / harmed

 句型

	句型（正體）	句型（简体）	漢語拼音	英文解釋
1	受到……的影響	受到……的影响	shòudào… de yǐngxiǎng	to be influenced by / affected by

★用法說明：

　　A 受到 B 的影響而改變，可能變好或變壞。有兩種方式：

1. 先說改變的主要原因，然後說結果是什麼。用這種方式說，通常 A 會出現在結果中，變成：受到 B 的影響，A 有了怎樣的結果。

2. 前面的主語因為後面的「主要原因」而有了怎樣的改變。

　　例：受到颱風的影響，最近菜價都非常高。
　　　　Shòudào táifēng de yǐngxiǎng, zuìjìn cài jià dōu fēicháng gāo.

　　例：他會當老師，是受到了他父母的影響。
　　　　Tā huì dāng lǎoshī, shì shòudào le tā fùmǔ de yǐngxiǎng.

練習一：＿＿＿＿＿＿＿＿＿＿＿＿＿＿＿＿，最近大家的生意都不好。

練習二：

　　A：小陳看起來心情很不好，怎麼了？

　　B：＿＿＿＿＿＿＿＿＿＿＿＿＿＿＿＿＿＿＿。

2　　百分之……　　百分之……　　bǎi fēn zhī...　　percentage

★用法說明：

一百分裡面的幾分？在這100當中，有多少是後來的情況。

例：我們學校有百分之十是外國學生。
Wǒmen xuéxiào yǒu bǎi fēn zhī shí shì wàiguó xuéshēng.

例：公司的人事成本占＊了百分之二十，會不會太高？
Gōngsī de rénshì chéngběn zhàn le bǎi fēn zhī èrshí, huì
búhuì tài gāo?

＊占（zhàn）：to take / to occupy

練習一：我每個月的交通費＿＿＿＿＿＿＿＿＿＿＿＿＿＿＿＿＿。

練習二：

A：在你們國家，老人多不多？

B：＿＿＿＿＿＿＿＿＿＿＿＿＿＿＿＿＿＿＿＿。

3　　A 不如 B　　A 不如 B　　A bùrú B　　A is inferior to B

★用法說明：

前面的 A 沒有後面的 B 好，A 比較差。

例：美美這學期的成績不如上學期的好，老師很擔心她。
Měiměi zhè xuéqí de chéngjī bùrú shàng xuéqí de hǎo,
lǎoshī hěn dānxīn tā.

▋例：這家餐廳的菜不如那家的好吃，還比較貴，下次不來了。
　　Zhè jiā cāntīng de cài bùrú nà jiā de hǎochī, hái bǐjiào guì,
　　xiàcì bù láile.

練習一：＿＿＿＿＿＿＿＿＿＿＿＿＿＿＿，這個活動不能交給他辦。

練習二：

　　A：小張跟小錢都很好，你為什麼選了小張做你的男朋友？

　　B：＿＿＿＿＿＿＿＿＿＿＿＿＿＿＿＿＿＿＿＿。

| 4 | 因此…… | 因此…… | yīncǐ… | thus / consequently / as a result |

★用法說明：

　　前面通常先說明原因，強調因為這個原因，而有後面的新事件或是結果。

▋例：我一個人沒辦法完成這個工作，因此需要同事的幫助。
　　Wǒ yí ge rén méi bànfǎ wánchéng zhè ge gōngzuò, yīncǐ
　　xūyào tóngshì de bāngzhù.

▋例：大明考試沒通過，因此而回國了。
　　Dàmíng kǎoshì méi tōngguò, yīncǐ ér huíguó le.

練習一：許先生週末也都在工作，＿＿＿＿＿＿＿＿＿＿＿＿＿。

練習二：

　　A：你怎麼剛來就要回去？

　　B：＿＿＿＿＿＿＿＿＿＿＿＿＿＿＿＿＿＿＿。

 寫作時間

一、請寫一份公司的會議記錄，內容是討論銷量問題的。

二、請寫一篇給學校社團的活動記錄，說明活動的情況和結果。

 小叮嚀

1. 開會記錄、活動記錄寫重點、簡單寫就可以了，不用像寫作文一樣那麼長，也不用每個字都寫下來。

2. 會議結束後，除了要把會議記錄保存起來，也要給所有人一份，請大家確認內容有沒有錯誤。

3. 有些學校會提供記錄的表格，上面需要填什麼，照著寫就可以了。

4. 「記錄」有的人用「紀錄」，一般來說，「記錄」的意思是把事寫下來，或是把事寫下來的人。「紀錄」是留在書裡面的資料，或是一個人、一件事最好的成績。不過按照中華民國政府現在的規定，比較常用「紀錄」。

一起看影片！

第三課

寫企劃書

#3

改寫（一）：工作企劃書、活動企劃書

動動腦

一、什麼是改寫？

1 「改寫」：改（改變）＋寫（寫作）。

A. 是一種寫作的方法。

B. 就是看一篇文章或是一段話，用自己的想法再寫一次。

C. 把它寫成和原來的文章有關係，但不一樣的另一篇文章。

2 為什麼要練習改寫？

☐ 可以學習別人哪裡寫得好

☐ 可以參考別人寫些什麼

☐ 可以抄別人的文章

☐ 可以讓自己的文章更進步

☐ 可以了解別人對一件事的想法跟看法

☐ _____

3 什麼時候用？

☐ 寫作業的時候

☐ 剛開始練習寫作文

☐ 作文已經寫得很好了

☐ 不知道作文該怎麼寫的時候

☐ _____

4 應該怎麼做？

- ☐ 仔細看別人的文章，看他寫了什麼，然後用別的話寫下來
- ☐ 仔細看別人的文章，看他用了哪些材料
- ☐ 仔細看別人的文章，選出好的地方
- ☐ 想想自己可以從別人的文章裡學到什麼？
- ☐ 開始寫，練習用差不多的詞彙、句子、段落內容來作文
- ☐ 寫好後要檢查，看看有沒有錯字或是句子不對什麼的
- ☐ _____
- ☐ _____

5 寫的時候應該注意什麼？

- ☐ 可以改得跟原來的完全不一樣
- ☐ 只能學習句子、文章的樣子
- ☐ 可以加上自己的想法
- ☐ 可以全部都用別人的文字和想法
- ☐ 可以抄很多人的文章把它們都放在一起，變成一篇
- ☐ 可以學習段落的意思，用自己的話再說一遍
- ☐ _____
- ☐ _____

二、什麼是企劃書？活動企劃書和工作企劃書呢？

1 「企劃書」：企（希望）＋劃（規劃）＋書（文件）。

2 就是把對一件事的構想、規劃，清楚、完整、具體地寫出來告訴別人的一份報告。

3 所以「活動企劃書」的內容是計畫要怎麼舉辦活動，「工作企劃書」是工作要準備做哪些事情。

4 寫計畫的人必須用文字清楚告訴別人他要怎麼做，通常會有以下的重點：

A. 封面：企劃名稱叫什麼？負責人是誰？是誰寫的企劃書？

B. 目標、主旨：為什麼要寫企劃書？要做什麼事？

C. 時間：活動是什麼時候？

D. 地點：在哪裡辦活動？

E. 參加的對象跟人數：什麼人可以參加？有多少人參加？

F. 內容：活動前、當天、活動後要做哪些事？工作怎麼分配？什麼人做什麼事？會用多少經費？需要哪些器材或東西？

G. 效益：做這件事可以得到什麼好處？

H. 備案：比如說要是下雨了，該怎麼辦？

I. 附件：有哪些可以讓別人更了解計畫內容的補充資料？

三、再想一想

1 為什麼要寫企劃書？

- ☐ 交給學校、公司，讓他們覺得這件事是可以做到的
- ☐ 在做事之前先想想要怎麼做會比較好
- ☐ 可以把自己對這件事可以怎麼做的想法告訴大家
- ☐ 負責做事的人可以知道什麼時候要做什麼事
- ☐ 可以知道可能要花多少錢？花在哪裡？
- ☐ 別人看到了，就可以知道事情能怎麼做
- ☐ _____

2 什麼時候用？

- ☐ 交作業、工作報告
- ☐ 在學校、社團、工作的時候
- ☐ 要告訴別人你對這件事的想法、你想怎麼做？
- ☐ 把心情記錄下來
- ☐ 給負責做事的人看
- ☐ 希望記住活動發生的事
- ☐ _____

3 寫企劃書的時候應該注意什麼？

- ☐ 不是真的也可以寫
- ☐ 可以自己用手寫
- ☐ 可以用電腦打字
- ☐ 隨便寫沒關係
- ☐ 寫錯字沒關係
- ☐ _____
- ☐ _____
- ☐ _____

4 寫企劃書是很正式的嗎？

- ☐ 是
- ☐ 不是

筆記欄

 動動手

一、請寫一份關於社團活動的企劃書。

1. 想一想：

A. 這是什麼社團活動？為什麼要辦這個活動？辦了有什麼好處？

_____

_____

B. 活動時間是幾月幾號？地點在哪裡？

_____

C. 有哪些人參加？可以有多少人參加？

_____

D. 要做的重要事情有哪些？有哪些做事的人？他們要做哪些事？要花多少錢？需要哪些東西？

_____

_____

E. 如果下雨了，活動該怎麼辦？

_____

F. 有沒有什麼補充的資料，可以幫助大家更了解這個活動要怎麼進行？例如：活動地點的地圖、交通資訊等。

_____

_____

2. 怎麼寫：

校園直排輪路跑活動
企劃書

負責人：社長李曉明

社團活動企劃書

負責人：社長李曉明

社團名稱：直排輪社　　　　　活動名稱：校園直排輪路跑活動

活動時間：11月30日下午3點到5點　　　活動地點：第一大學

活動對象：直排輪社社員　　　　　參加人數：全體社員

活動目的：

　　為了讓更多人認識直排輪運動，也為了讓社員們的感情變得更好，因此在學校舉辦路跑活動。另外，社員因為要參加路跑活動，所以會自己利用時間練習，就會溜得更好。

活動內容：

(1) 總務組（1人）：活動前負責收費，買水、買零食、訂餐廳；活動當天加入活動組，協助不會溜冰的同學溜冰；活動後，負責付餐廳的費用。

(2) 活動組（2人）：活動前負責規劃路跑的路線和試溜一次。活動當天帶大家熱身，穿戴好護具，帶著大家一起溜冰，並且協助不會溜冰的同學參加活動。

(3) 安全組（2人）：活動前準備醫藥箱、維修工具；活動當天負責在終點發水、零食和同學的安全。

(4) 美工組（1人）：活動前負責做路線圖海報、路線指標；活動當天張貼海報及貼路線指標，並且協助不會溜冰的同學參加活動。

　　路跑活動結束後，大家一起把東西收好，再去餐廳吃晚餐。

經費預估：

　　每人交100元，包含買水、零食及晚餐的費用，不夠的再由社員交的社費支出。

雨天備案：

　　如果下雨，就改在教室看電影、吃零食，然後再一起去餐廳吃飯。

附件：路跑地圖

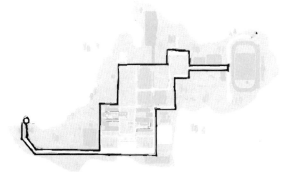

Xiàoyuán Zhípáilún
Lùpǎo Huódòng
Qìhuàshū

Fùzérén: Shèzhǎng Lǐ Xiǎomíng

Shètuán Huódòng Qìhuàshū

Fùzérén: Shèzhǎng Lǐ Xiǎomíng

Shètuán míngchēng: Zhípáilún shè

Huódòng míngchēng: xiàoyuán zhípáilún lùpǎo huódòng

Huódòng shíjiān: shíyī yuè sān shí rì xiàwǔ sān diǎn dào wǔ diǎn

Huódòng dìdiǎn: Dìyī Dàxué

Huódòng duìxiàng: Zhípáilún shè shèyuán

Cānjiā rénshù: quántǐ shèyuán

Huódòng mùdì:

　　Wèile ràng gèng duō rén rènshì zhípáilún yùndòng, yě wèile ràng shèyuánmen de gǎnqíng biànde gèng hǎo, yīncǐ zài xuéxiào jǔbàn lùpǎo huódòng. Lìngwài, shèyuán yīnwèi yào cānjiā lùpǎo huódòng, suǒyǐ huì zìjǐ lìyòng shíjiān liànxí, jiù huì liū de gèng hǎo.

Huódòng nèiróng:

(1) Zǒngwù zǔ (1 rén): Huódòng qián fùzé shōufèi, mǎi shuǐ, mǎi língshí, dìng cāntīng; huódòng dāngtiān jiārù Huódòng zǔ, xiézhù búhuì liūbīng de tóngxué liūbīng; huódòng hòu, fùzé fù cāntīng de fèiyòng.

(2) Huódòng zǔ (2 rén): Huódòng qián fùzé guīhuà lùpǎo de lùxiàn hé shìliū yí cì. Huódòng dāngtiān dài dàjiā rèshēn, chuāndàihǎo hùjù, dàizhe dàjiā yìqǐ liūbīng, bìngqiě xiézhù búhuì liūbīng de tóngxué cānjiā huódòng.

(3) Ānquán zǔ (2 rén): Huódòng qián zhǔnbèi yīyào xiāng, wéixiū gōngjù; huódòng dāngtiān fùzé zài zhōngdiǎn fā shuǐ, língshí hé tóngxué de ānquán.

(4) Měigōng zǔ (1 rén): Huódòng qián fùzé zuò lùxiàn tú hǎibào, lùxiàn zhǐbiāo; huódòng dāngtiān zhāngtiē hǎibào jí tiē lùxiàn zhǐbiāo, bìngqiě xiézhù búhuì liūbīng de tóngxué cānjiā huódòng.

　　Lùpǎo huódòng jiéshù hòu, dàjiā yìqǐ bǎ dōngxi shōuhǎo, zài qù cāntīng chī wǎncān.

Jīngfèi yùgū:

　　Měi rén jiāo yì bǎi yuán, bāohán mǎi shuǐ, língshí jí wǎncān de fèiyòng, búgòu de zài yóu shèyuán jiāo de shèfèi zhīchū.

Yǔtiān bèi'àn:

　　Rúguǒ xià yǔ, jiù gǎi zài jiàoshì kàn diànyǐng, chī língshí, ránhòu zài yìqǐ qù cāntīng chīfàn.

Fùjiàn: lùpǎo dìtú

3. 請從上面的文章，找出下面每個問題的部分：

A. 這個活動的名稱是什麼？負責的人是誰？

_____

B. 什麼時候舉行？在哪裡舉行？什麼人可以參加？

_____

C. 為什麼要舉辦這個活動？

_____

D. 有哪幾組人要負責活動的內容？

_____

E. 總務組在活動前、活動當天、活動後要做什麼事？

_____

F. 活動組呢？

_____

G. 安全組呢？

_____

H. 美工組呢？

_____

I. 要花多少錢？錢從哪裡來？

_____

J. 如果下雨了，怎麼辦？

_____

K. 有沒有提供給大家的補充資料？有的話，是什麼資料？

_____

二、請寫一份關於工作的企劃書。

1. 想一想：

A. 為什麼要企劃這項工作？有什麼好處？

_____

B. 這次企劃的工作內容是什麼？

_____

C. 日期是幾月幾號？在哪裡發生？

_____

D. 有哪些人參加？可以有多少人參加？

_____

E. 重要的事情有哪些？有哪些做事的人？他們要做哪些事？預估費
用多少？需要哪些東西？

_____

F. 如果下雨了該怎麼辦？

_____

G. 有沒有什麼補充的資料，可以幫助大家更了解這項工作要怎麼進
行？例如：工作地點的地圖、交通資訊等。

_____

_____

2.怎麼寫：

紅運公司運動鞋特賣會
企劃書

負責人：行銷組組長張美美

紅運公司運動鞋特賣會企劃書

負責人：行銷組組長張美美

活動目的	由於新冠肺炎的影響，公司收入下降了百分之五，因此希望藉由運動鞋特賣會，來解決運動鞋賣不出去的問題，也希望提高公司的收入。
活動日期	2020 年 10 月 17 日星期六上午 11 點到晚上 9 點
活動地點	來來百貨公司
參加對象	百貨公司顧客

活動內容

行銷組

活動前：負責宣傳、聯絡百貨公司、安排場地、訓練活動主持人。

活動前一天：場地布置、彩排、安排銷售人員。

活動當天：負責開幕、限時特賣活動。

活動後：計算當日營業額。

總務組

活動前：負責經費預估，評估產品售價、數量、購買活動需要的物品。

活動前一天：參加彩排。

活動當天：負責銷售。

活動後：核銷經費，計算活動的總收入與支出，整理資料。

生產組

活動前：負責確定運動鞋庫存數量，統計及列出產品清單。

活動前一天：參加彩排。

活動當天：負責銷售。

活動後：協助場地復原。

活動 當天 流程	10:00　人員就位 11:00　百貨公司上班 11:30　特賣會開幕，主持人說明每兩個小時舉行一次限時特賣 13:30　主持人主持第一次限時特賣會 15:30　主持人主持第二次限時特賣會 17:30　主持人主持第三次限時特賣會 19:30　主持人主持第四次限時特賣會 21:00　特賣會結束 21:30　場地復原
經費 預估	宣傳費 2,000 元（百貨公司協助宣傳） 場地費 10,000 元 工作人員 10 人，一人 2,000 元，總共 20,000 元 餐費 10 人，一人 100 元，總共 1000 元 場地布置費 2,000 元 總計 35,000 元
附件	百貨公司場地圖 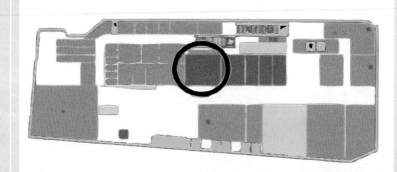

範例二拼音

Hóngyùn Gōngsī
Yùndòng xié Tèmàihuì
Qìhuàshū

Fùzérén: Xíngxiāo zǔ zǔzhǎng Zhāng Měiměi

Hóngyùn Gōngsī Yùndòng xié Tèmàihuì Qìhuàshū

	Fùzérén: Xíngxiāo zǔ zǔzhǎng Zhāng Měiměi		
Huódòng mùdì	Yóuyú Xīnguān Fèiyán de yǐngxiǎng, gōngsī shōurù xiàjiàng le bǎi fēn zhī wǔ, yīncǐ xīwàng jièyóu yùndòng xié tèmàihuì, lái jiějué yùndòng xié mài bù chūqù de wèntí, yě xīwàng tígāo gōngsī de shōurù.		
Huódòng rìqí	Èr líng èr líng nián shí yuè shíqī rì xīngqí liù shàngwǔ shíyī diǎn dào wǎnshàng jiǔ diǎn		
Huódòng dìdiǎn	Láilái Bǎihuò Gōngsī		
Cānjiā duìxiàng	Bǎihuò gōngsī gùkè		
Huódòng nèiróng	Xíngxiāo zǔ	Huódòng qián: Fùzé xuānchuán, liánluò bǎihuò gōngsī, ānpái chǎngdì, xùnliàn huódòng zhǔchírén.	
		Huódòng qián yì tiān: Chǎngdì bùzhì, cǎipái, ānpái xiāoshòu rényuán	
		Huódòng dāngtiān: Fùzé kāimù, xiànshí tèmài huódòng.	
		Huódòng hòu: Jìsuàn dāngrì yíngyè é.	
	Zǒngwù zǔ	Huódòng qián: Fùzé jīngfèi yùgū, pínggū chǎnpǐn shòujià, shùliàng, gòumǎi huódòng xūyào de wùpǐn.	
		Huódòng qián yì tiān: Cānjiā cǎipái.	
		Huódòng dāngtiān: Fùzé xiāoshòu.	
		Huódòng hòu: Héxiāo jīngfèi, jìsuàn huódòng de zǒngshōurù yǔ zhīchū, zhěnglǐ zīliào.	
	Shēngchǎn zǔ	Huódòng qián: Fùzé quèdìng yùndòng xié kùcún shùliàng, tǒngjì jí lièchū chǎnpǐn qīngdān.	
		Huódòng qián yì tiān: Cānjiā cǎipái.	
		Huódòng dāngtiān: Fùzé xiāoshòu.	
		Huódòng hòu: Xiézhù chǎngdì fùyuán.	

Huódòng dāngtiān liúchéng	10:00　Rényuán jiùwèi 11:00　Bǎihuò gōngsī shàngbān 11:30　Tèmàihuì kāimù, zhǔchírén shuōmíng měi liǎng ge xiǎoshí jǔxíng 　　　　yí cì xiànshí tèmài 13:30　Zhǔchírén zhǔchí dì yī cì xiànshí tèmàihuì 15:30　Zhǔchírén zhǔchí dì èr cì xiànshí tèmàihuì 17:30　Zhǔchírén zhǔchí dì sān cì xiànshí tèmàihuì 19:30　Zhǔchírén zhǔchí dì sì cì xiànshí tèmàihuì 21:00　Tèmàihuì jiéshù 21:30　Chǎngdì fùyuán
Jīngfèi yùgū	Xuānchuán fèi 2,000 yuán (bǎihuò gōngsī xiézhù xuānchuán) Chǎngdì fèi 10,000 yuán Gōngzuò rényuán 10 rén, yì rén 2,000 yuán, zǒnggòng 20,000 yuán Cān fèi 10 rén, yì rén 100 yuán, zǒnggòng 1,000 yuán Chǎngdì bùzhì fèi 2,000 yuán Zǒngjì 35,000 yuán
Fùjiàn	Bǎihuò gōngsī chǎngdì tú

3. 請從上面的文章，找出下面每個問題的部分：

A. 這個活動的名稱是什麼？負責人是誰？

_____

B. 什麼時候舉行？在哪裡？什麼人可以參加？

_____

C. 為什麼舉辦這個活動？原因是什麼？

_____

D. 有哪幾組人要負責活動的內容？

_____

E. 行銷組在活動前、活動當天、活動後要做什麼事？

_____

F. 總務組呢？

_____

G. 生產組呢？

_____

H. 要花多少錢？最花經費的是哪一部分？

_____

I. 有沒有提供給大家的補充資料？有的話，是什麼資料？

_____

 生詞

	生詞 （正體）	生词 （简体）	漢語拼音	詞性	英文解釋
1	仔細	仔细	zǐxì	Vs/ Adv	careful / attentive / cautious

▶ 例：

A：請小張仔細檢查一遍這個企劃，看看有沒有問題。

B：好的，小張是很仔細的人，請放心。

A：Qǐng Xiǎo Zhāng zǐxì jiǎnchá yí biàn zhè ge qìhuà, kànkàn yǒu méiyǒu wèntí.

B：Hǎode, Xiǎo Zhāng shì hěn zǐxì de rén, qǐng fàngxīn.

| 2 | 企劃 | 企划 | qìhuà/qǐhuà | V/N | to plan / to lay out / planning |

▷ 例：

A：這次活動的企劃在哪裡？請給我看看。

B：這次活動是小張企劃的，企劃書在他那裡。

A：Zhècì huódòng de qìhuà zài nǎlǐ? Qǐng gěi wǒ kànkàn.

B：Zhècì huódòng shì Xiǎo Zhāng qìhuà de, qìhuàshū zài tā nàlǐ.

| 3 | 構想 | 构想 | gòuxiǎng | V/N | to conceive / concept |

▷ 例：

A：下個月的說故事比賽，大家有什麼構想？

B：我想要求這次參加比賽的學生，得自己構想出一個故事來，不要抄別人的來說。

A：Xià ge yuè de shuō gùshì bǐsài, dàjiā yǒu shénme gòuxiǎng?

B：Wǒ xiǎng yāoqiú zhècì cānjiā bǐsài de xuéshēng, děi zìjǐ gòuxiǎng chū yí ge gùshì lái, búyào chāo biérén de lái shuō.

| 4 | 規劃 | 规划 | guīhuà | V/N | to plan / planning / plan |

▷ 例：

A：我在活動場地規劃了一個老人座位區，可以讓來參加的老人隨時都有位子坐。

B：非常好的規劃，這樣一來，老人應該都會很願意來了。

A：Wǒ zài huódòng chǎngdì guīhuà le yí ge lǎorén zuòwèi qū, kěyǐ ràng lái cānjiā de lǎorén suíshí dōu yǒu wèizi zuò.

B：Fēicháng hǎo de guīhuà, zhèyàng yì lái, lǎorén yīnggāi dōu huì hěn yuànyì lái le.

5	具體	具体	jùtǐ	Vs	concrete / definite / specific

▶ 例：這件事的具體情況我已經了解了，馬上就處理。

Zhè jiàn shì de jùtǐ qíngkuàng wǒ yǐjīng liǎojiě le, mǎshàng jiù chǔlǐ.

6	重點	重点	zhòngdiǎn	N	main point / focus

▶ 例：這篇文章的重點是新冠肺炎對世界經濟造成了什麼影響。

Zhè piān wénzhāng de zhòngdiǎn shì Xīnguān Fèiyán duì shìjiè jīngjì zàochéng le shénme yǐngxiǎng.

7	目標	目标	mùbiāo	N	target / goal

▶ 例：這一季的營業額能不能達到五百萬的目標？

Zhè yí jì de yíngyè é néng bùnéng dádào wǔ bǎi wàn de mùbiāo?

8	分配	分配	fēnpèi	Vi	to distribute / to assign / to allocate

▶ 例：你今天有沒有空討論下週報告的內容該怎麼分配？

Nǐ jīntiān yǒu méiyǒu kòng tǎolùn xià zhōu bàogào de nèiróng gāi zěnme fēnpèi?

9	效益	效益	xiàoyì	N	benefit / effectiveness / efficiency

▶ 例：辦這個活動要花這麼多經費，可是賣不了多少產品，不符合效益。

Bàn zhè ge huódòng yào huā zhème duō jīngfèi, kěshì mài bùliǎo duōshǎo chǎnpǐn, bù fúhé xiàoyì.

10	備案	备案	bèi'àn	N	backup

▷ 例：辦活動一定要有備案，要是碰到了什麼問題，才有辦法處理。
　　Bàn huódòng yídìng yào yǒu bèi'àn, yàoshì pèngdào le shénme wèntí, cái yǒu bànfǎ chǔlǐ.

11	總務	总务	zǒngwù	N	general matters / division of general affairs / person in overall charge

▷ 例：他在公司的職務是總務，要管很多事。
　　Tā zài gōngsī de zhíwù shì zǒngwù, yào guǎn hěnduō shì.

12	零食	零食	língshí	N	snacks

▷ 例：有的孩子不吃飯，只吃零食，讓父母很頭痛。
　　Yǒude háizi bù chīfàn, zhǐ chī língshí, ràng fùmǔ hěn tóutòng.

13	協助	协助	xiézhù	Vi	to provide assistance / to aid

▷ 例：我們這組的工作現在忙不過來了，需要公司派人協助。
　　Wǒmen zhè zǔ de gōngzuò xiànzài máng bú guòlái le, xūyào gōngsī pài rén xiézhù.

14	維修	维修	wéixiū	Vi	to protect and maintain

▷ 例：辦公室的冷氣壞了，請找人來維修。
　　Bàngōngshì de lěngqì huàile, qǐng zhǎo rén lái wéixiū.

15	終點	终点	zhōngdiǎn	N	the end / end point / finishing line (in a race) / destination / terminus

▶ 例：這班公車的起點是火車站，終點是第一大學。

Zhè bān gōngchē de qǐdiǎn shì huǒchē zhàn, zhōngdiǎn shì Dìyī Dàxué.

16	指標	指标	zhǐbiāo	N	ttarget / quota / index

▶ 例：老闆給了這個月的工作指標，是要開發＊100 位新客戶。

Lǎobǎn gěi le zhè ge yuè de gōngzuò zhǐbiāo, shì yào kāifā yì bǎi wèi xīn kèhù.

＊開發（kāifā）：to exploit (a resource) / to open up (for development) / to develop

17	預估	预估	yùgū	Vi	to estimate / to forecast

▶ 例：這次比賽預估會有 20 個人報名。

Zhècì bǐsài yùgū huì yǒu èr shí ge rén bàomíng.

18	支出	支出	zhīchū	Vi/N	to spend / to pay out / expense

▶ 例：

A：這個月學校的支出多了很多，是哪裡有問題？

B：因為很多東西都壞了，支出了很多維修費。

A：Zhè ge yuè xuéxiào de zhīchū duō le hěnduō, shì nǎlǐ yǒu wèntí?

B：Yīnwèi hěnduō dōngxi dōu huàile, zhīchū le hěnduō wéixiū fèi.

| 19 | 藉由 | 藉由 | jièyóu | IE | by means of / through / by |

▷ 例：藉由來台灣念書的機會，我認識了很多國家的朋友。

Jièyóu lái Táiwān niànshū de jīhuì, wǒ rènshì le hěnduō guójiā de péngyǒu.

| 20 | 彩排 | 彩排 | cǎipái | Vi/N | rehearsal |

▷ 例：

A：下個禮拜就要表演了，你明天能來彩排嗎？

B：對不起，明天晚上我有課，後天才能參加彩排。

A：Xià ge lǐbài jiù yào biǎoyǎn le, nǐ míngtiān néng lái cǎipái ma?

B：Duìbùqǐ, míngtiān wǎnshàng wǒ yǒu kè, hòutiān cái néng cānjiā cǎipái.

| 21 | 營業額 | 营业额 | yíngyè é | N | sum of business / turnover |

▷ 例：這家商店每天營業 12 小時，一個月的營業額是 50 萬。

Zhè jiā shāngdiàn měitiān yíngyè shí'èr xiǎoshí, yí ge yuè de yíngyè é shì wǔ shí wàn.

| 22 | 評估 | 评估 | pínggū | Vi | to evaluate / to assess |

▷ 例：要規劃新產品前，應該先評估市場的需要。

Yào guīhuà xīn chǎnpǐn qián, yīnggāi xiān pínggū shìchǎng de xūyào.

23	核銷	核销	héxiāo	Vi	to audit and write off

▶ 例：這次辦活動的支出，請交給會計* 核銷。

Zhècì bàn huódòng de zhīchū, qǐng jiāogěi kuàijì héxiāo.

* 會計（kuàijì）：accountant

24	復原	复原	fùyuán	Vst	to restore (sth) to (its) former condition / to recover from illness

▶ 例：颱風過後，很多被吹壞的地方都需要復原。

Táifēng guòhòu, hěnduō bèi chuīhuài de dìfāng dōu xūyào fùyuán.

25	流程	流程	liúchéng	N	process

▶ 例：明天會議的流程安排都在這裡，請看一下還有沒有需要補充的？

Míngtiān huìyì de liúchéng ānpái dōu zài zhèlǐ, qǐng kàn yíxià hái yǒu méiyǒu xūyào bǔchōng de?

26	就位	就位	jiùwèi	Vs-sep	in place

▶ 例：活動要開始了，請主席先就位。

Huódòng yào kāishǐ le, qǐng zhǔxí xiān jiùwèi.

| 27 | 開幕 | 开幕 | kāimù | Vst | to open (a conference) / to inaugurate |

▶ 例：今年的世界大學運動會在這禮拜三開幕，下週五閉幕 *。

Jīnnián de Shìjiè Dàxué Yùndònghuì zài zhè lǐbài sān kāimù, xià zhōu wǔ bìmù.

* 閉幕（bìmù）：lower the curtain / to come to an end (of a meeting)

筆記欄

 句型

	句型 （正體）	句型 （简体）	漢語拼音	英文解釋
1	另外……	另外……	lìngwài…	additional / in addition / besides / moreover / furthermore

★用法說明：

　　在「另外」前面，已經有了一件重要的事，還要再加上別的，強調跟前面的不一樣，但是也很重要或是更重要。

▌例：這次活動需要請5個人來幫忙，另外，場地要找大一點的。
　　Zhècì huódòng xūyào qǐng wǔ ge rén lái bāngmáng, lìngwài, chǎngdì yào zhǎo dà yìdiǎn de.

▌例：你準備的零食不夠，還要再另外買一些吃的。
　　Nǐ zhǔnbèi de língshí búgòu, háiyào zài lìngwài mǎi yìxiē chī de.

練習一：明天請把這份企劃書交給老闆，＿＿＿＿＿＿＿＿＿＿＿。

練習二：

　　A：你覺得這個構想怎麼樣？我們做得到嗎？

　　B：＿＿＿＿＿＿＿＿＿＿＿＿＿＿＿＿＿＿。

2　由於……　由于……　yóuyú...　due to / as a result of / thanks to / owing to / since / because

★用法說明：

通常都放在句子的最前面，帶出的事情是最後發生了什麼事的理由。強調會有後面的事發生，是從前面的情況帶出來的。

例：由於美美沒仔細檢查核銷單的內容，就交給會計了，結果出了很大的錯。

Yóuyú Měiměi méi zǐxì jiǎnchá héxiāo dān de nèiróng, jiù jiāogěi kuàijì le, jiéguǒ chū le hěn dà de cuò.

例：由於工作分配得不公平，同學們因此吵了起來。

Yóuyú gōngzuò fēnpèi de bù gōngpíng, tóngxuémen yīncǐ chǎo le qǐlái.

練習一：＿＿＿＿＿＿＿＿＿＿＿＿＿＿＿＿＿＿，今天不上課。

練習二：

A：明天為什麼要開臨時會議？

B：＿＿＿＿＿＿＿＿＿＿＿＿＿＿＿＿＿＿。

| 3 | 藉由……
來…… | 藉由……
来…… | jièyóu…
lái… | by... to... |

★用法說明：

1. 前面的主語會利用「藉由」後面的人事物，來達到後面要得到的結果或目的。

2. 「藉由」後面是用來做這件事的辦法，「來」後面是做這件事想到得到的結果或目的。

┃例：有的人藉由寫札記來記住上課的重點。
　　Yǒude rén jièyóu xiě zhájì lái jìzhù shàngkè de zhòngdiǎn.

┃例：老師喜歡藉由考試來了解學生學習的情形。
　　Lǎoshī xǐhuān jièyóu kǎoshì lái liǎojiě xuéshēng xuéxí de
　　qíngxíng.

練習一：學生可以＿＿＿＿＿＿＿＿＿＿＿＿＿＿來減輕學習壓力。

練習二：

　　A：我想多認識台灣，請問有什麼好辦法？

　　B：＿＿＿＿＿＿＿＿＿＿＿＿＿＿＿＿＿＿＿。

筆記欄

 寫作時間

一、請根據範文的內容，改寫出一份班級旅遊活動的企劃書。

二、請根據範文的內容，改寫出一份行銷企劃書，説明活動的情
　　況和結果。

1. 在寫企劃書的時候，要注意下面幾個重點：
    A. 要想一個最簡單易懂的名字，讓人一看就知道內容可能是什麼。
    B. 清楚說明企劃這個活動的原因。
    C. 清楚設定希望達到的目標。
    D. 清楚寫明時間、地點、由誰來辦。
    E. 可以利用圖表來說明。
    F. 安排好每個流程需要的時間和進度。
    G. 仔細預估要花多少錢，能達到什麼樣的效益。
    H. 一定要規劃出備案。
    I. 其他有幫助的資料都可以放在附件中。
2. 企劃書寫得好不好，常關係到能不能申請到活動經費，因此在寫之前，要好好思考企劃內容做得到、做不到，以實際可行的內容為主。

一起看影片！

第四課

寫公告

#4

改寫（二）：公司公告、搬家公告

動動腦

一、什麼是公告？

1 「公告」：公（公開）＋告（告訴）。

A. 是公開宣布事情用的。

B. 通常有重要的事，希望大家都能知道的時候用。

2 「公司公告」就是公司向大家公布事情的文字；「搬家公告」通常是商店或是單位通知大家要搬家的文字。

3 「公告」通常透過張貼海報、簡訊、電子郵件等方式告訴大家。

4 一般的「公告」通常會有幾個部分：

A. 公告標題：通常是「誰公告的＋公告」。

　　a. 如「第一公司公告」、「第二大學公告」、「電視台公告」。

　　b. 或是「要公告的事＋公告」，如「第一公司招聘公告」、「第三商店搬家公告」、「參訪電視台公告」。

　　c. 或是直接只寫「公告」、「重要公告」，不加上誰公告的和要公告的事。

B. 公告內容：要告訴大家的事情，也可以用圖片或是照片輔助說明。

C. 公告時間：什麼時候公布這件事的？

D. 公告者：是誰公告的？

二、再想一想

1　為什麼要寫公告？

- ☐ 要讓所有的人知道
- ☐ 通知重要的事情
- ☐ 看看以前做過的事
- ☐ 別人看到了，就可以知道事情能怎麼做
- ☐ _____

2　什麼時候用？

- ☐ 學校要通知家長、學生事情
- ☐ 公司、商店要通知員工、顧客事情
- ☐ 政府要通知人民事情
- ☐ 我要通知朋友事情
- ☐ _____

3　可以在「公司公告」裡寫哪些事？

- ☐ 招聘公告：要應徵新人
- ☐ 出售公告：要把公司賣了
- ☐ 事務公告：公司內部宣布事情，如部門調整、升職
- ☐ 開業、歇業公告：新公司開始營業、公司結束營業
- ☐ 資產公告：公司有多少錢？
- ☐ 活動公告：公司舉辦活動的通知
- ☐ _____

4 可以在「搬家公告」裡寫哪些事？

- ☐ 搬家時間：什麼時候搬？
- ☐ 搬家地點：搬到什麼地方去？
- ☐ 新地點的地圖、照片或說明
- ☐ 哪一間店要搬家？
- ☐ 搬家原因：如租約到期、擴大營業
- ☐ 希望大家繼續光臨
- ☐ 是誰公告的？
- ☐ _____

5 寫公告的時候應該注意什麼？

- ☐ 不是真的也可以寫
- ☐ 可以自己用手寫
- ☐ 可以用電腦打字
- ☐ 隨便寫沒關係
- ☐ 寫錯字沒關係
- ☐ _____

6 公告是很正式的嗎？

- ☐ 是
- ☐ 不是

 動動手

一、請幫學校寫一則公告。

(想一想)

A. 需要公告什麼事？公告的標題是什麼？

_____

_____

B. 公告的內容有哪些？

_____

_____

C. 還有什麼話想跟大家說的？

_____

_____

D. 是誰公告的？

_____

_____

2.怎麼寫：

範例一

第一大學體育館公告

　　因受到新冠肺炎疫情的影響，為維護身體健康，減少群聚感染風險，即日起本館暫停以下服務與課程：

一、有氧課程：自 9 月 1 日（一）至 9 月 30 日（五），暫停有氧課程，後續視疫情發展，再公告通知是否繼續停課。

二、健身房：即日起至 12 月 31 日（六），暫停非本校教職員、學生入會申請服務。

三、運動場地租借：即日起至 12 月 31 日（六），暫停對外租借服務。

四、游泳池：防疫期間暫不開放，後續視疫情發展，再公告通知重新開放時間。

　　體育館期盼與您同心協力，共同防範疫情擴散，打造舒適安心的活動空間。

第一大學體育館

2020 年 9 月 1 日

Dìyī Dàxué Tǐyùguǎn Gōnggào

Yīn shòudào Xīnguān Fèiyán yìqíng de yǐngxiǎng, wèi wéihù shēntǐ jiànkāng, jiǎnshǎo qúnjù gǎnrǎn fēngxiǎn, jírì qǐ běnguǎn zhàntíng yǐxià fúwù yǔ kèchéng:

Yī, Yǒuyǎng kèchéng: Zì jiǔ yuè yī rì (yī) zhì jiǔ yuè sānshí rì (wǔ), zhàntíng yǒuyǎng kèchéng, hòuxù shì yìqíng fāzhǎn, zài gōnggào tōngzhī shìfǒu jìxù tíngkè.

Èr, Jiànshēnfáng: Jírì qǐ zhì shí'èr yuè sānshíyī rì (liù), zhàntíng fēi běnxiào jiàozhíyuán, xuéshēng rùhuì shēnqǐng fúwù.

Sān, Yùndòng chǎngdì zūjiè: Jírì qǐ zhì shí'èr yuè sānshíyī rì (liù), zhàntíng duìwài zūjiè fúwù.

Sì, Yóuyǒngchí: Fángyì qíjiān zhàn bù kāifàng, hòuxù shì yìqíng fāzhǎn, zài gōnggào tōngzhī chóngxīn kāifàng shíjiān.

Tǐyùguǎn qípàn yǔ nín tóngxīnxiélì, gòngtóng fángfàn yìqíng kuòsàn, dǎzào shūshì ānxīn de huódòng kōngjiān.

Dìyī Dàxué Tǐyùguǎn
Èr líng èr líng nián jiǔ yuè yī rì

3. 請從上面的文章，找出下面每個問題的部分：

    A. 這是誰發的公告？

    _____

    B. 因為什麼事情需要公告？

    _____

    C. 有氧課程有什麼改變？

    _____

    D. 健身房呢？

    _____

    E. 游泳池呢？

    _____

    F. 還有什麼希望大家知道的事？

    _____

二、請寫一則生活中常用的公告。

1. 想一想：

    A. 需要公告什麼事？公告的標題是什麼？

    _____

    B. 需要公布什麼重要的事情？

    _____

    C. 還有什麼要說的話？

    _____

    D. 是誰公告的？誰要負責簽名或蓋章？

    _____

2.怎麼寫：

範例二

春節
休假公告

本店將於
1/24（除夕）至 1/28（初四）公休
1/29（初五）起正常營業
不便之處，敬請見諒

 好書書店

Chūnjié
Xiūjià Gōnggào

Běndiàn jiāng yú
Yī yuè èrshísì rì (chúxì) zhì yī yuè èrshíbā
rì (chū sì) gōngxiū
yī yuè èrshíjiǔ rì(chū wǔ) qǐ zhèngcháng
yíngyè
Búbiàn zhī chù, jìngqǐng jiànliàng

Hǎoshū Shūdiàn

3. 請從上面的文章，找出下面每個問題的部分：

　　A. 需要公告什麼事？公告的標題是什麼？

　　　　_____

　　B. 公告的內容是什麼？

　　　　_____

　　　　_____

　　C. 除了要公告的事，還說了什麼？

　　　　_____

　　　　_____

　　D. 這是哪家店的公告？

　　　　_____

　　　　_____

筆記欄

生詞 （正體）	生词 （简体）	漢語拼音	詞性	英文解釋
1	公告	公告	gōnggào	V/N	to post / announcement / notice

▶ 例：

A：這次考試的公告，網上查得到了嗎？

B：可以的，昨天已經公告出去了。

A：Zhècì kǎoshì de gōnggào, wǎngshàng chádedào le ma?

B：Kěyǐ de, zuótiān yǐjīng gōnggào chūqù le.

2	宣布	宣布	xuānbù	Vi	to declare / to announce / to proclaim

▶ 例：公司宣布今年不會調整薪資。

Gōngsī xuānbù jīnnián búhuì tiáozhěng xīnzī.

3	透過	透过	tòuguò	Prep	through / via

▶ 例：新冠肺炎疫情以後，很多學校的課程都只能透過網路繼續
進行。

Xīnguān Fèiyán yìqíng yǐhòu, hěnduō xuéxiào de kèchéng dōu
zhǐ néng tòuguò wǎnglù jìxù jìnxíng.

4	標題	标题	biāotí	N	title / heading / headline / caption / subject

▶ 例：這次活動的內容我都設計好了，但是海報標題還沒下好。

Zhècì huódòng de nèiróng wǒ dōu shèjìhǎo le, dànshì hǎibào
biāotí hái méi xià hǎo.

5　　輔助　　　辅助　　　fǔzhù　　　V　　　to assist / to aid

例：王伯伯的耳朵不好，需要助聽器　輔助，才聽得到我們說的話。
Wáng bóbo de ěrduo bù hǎo, xūyào zhùtīngqì fǔzhù, cái tīngdedào wǒmen shuō de huà.

＊助聽器（zhùtīngqì）：hearing aid

6　　調整　　　调整　　　tiáozhěng　　Vi　　to adjust / to revice

例：小張剛從美國回來，時差　還調整不過來，晚上都睡不著。
Xiǎo Zhāng gāng cóng Měiguó huílái, shíchā hái tiáozhěng bú guòlái, wǎnshàng dōu shuìbùzháo.

＊時差（shíchā）：time difference / time lag

7　　升職　　　升职　　　shēngzhí　　V-sep　　to get promoted (at work etc.)

例：

A：想在這家公司升職容易嗎？

B：我們老闆很好，只要工作做得好，一年升三次職也是可能的。

A：Xiǎng zài zhè jiā gōngsī shēngzhí róngyì ma?

B：Wǒmen lǎobǎn hěn hǎo, zhǐyào gōngzuò zuòdehǎo, yì nián shēng sān cì zhí yěshì kěnéng de.

8　　歇業　　　歇业　　　xiēyè　　V-sep　　to close down (temporarily or permanently) / to go out of business

例：那家開了20年的百貨公司下個月竟然要歇業了，真可惜！
Nà jiā kāi le èrshí nián de bǎihuò gōngsī xià ge yuè jìngrán yào xiēyè le, zhēn kěxí!

9	營業	营业	yíngyè	Vi	to do business / to trade

▶ 例：你說的那家餐廳週二都不營業，得改天去。

Nǐ shuō de nà jiā cāntīng zhōu èr dōu bù yíngyè, děi gǎitiān qù.

10	資產	资产	zīchǎn	N	property / assets

▶ 例：有的人認為公司最大的資產不是有多少錢，而是有多少人才。

Yǒude rén rènwéi gōngsī zuìdà de zīchǎn búshì yǒu duōshǎo qián, érshì yǒu duōshǎo réncái.

11	擴大	扩大	kuòdà	V	to expand / to enlarge / to broaden one's scope

▶ 例：這次活動我們應該擴大宣傳，吸引更多人來參加。

Zhècì huódòng wǒmen yīnggāi kuòdà xuānchuán, xīyǐn gèng duō rén lái cānjiā.

12	繼續	继续	jìxù	V	to continue / to proceed with / to go on with

▶ 例：我已經在語言中心學了兩年的中文了，移民署會讓我繼續念嗎？

Wǒ yǐjīng zài yǔyán zhōngxīn xué le liǎng nián de Zhōngwén le, Yímínshǔ huì ràng wǒ jìxù niàn ma?

13	光臨	光临	guānglín	Vi	(formal) to honor with one's presence / to attend

▷ 例：

A：謝謝您邀請我來參加這次的會議。

B：您願意光臨，是我們的榮幸 [＊]！感謝您！

A：Xièxie nín yāoqǐng wǒ lái cānjiā zhècì de huìyì.

B：Nín yuànyì guānglín, shì wǒmen de róngxìng! Gǎnxiè nín!

＊榮幸（róngxìng）：honored (to have the privilege of ...)

14	維護	维护	wéihù	V	to defend / to protect / to uphold / to maintain

▷ 例：每個國家都有維護世界和平 [＊] 的責任。

Měi ge guójiā dōu yǒu wéihù shìjiè hépíng de zérèn.

＊和平（hépíng）：peace / peaceful

15	群聚	群聚	qúnjù	Vi	to gather / to congregate / to aggregate

▷ 例：這座公園的環境很好，有很多鳥類群聚。

Zhè zuò gōngyuán de huánjìng hěn hǎo, yǒu hěnduō niǎolèi qúnjù.

16	感染	感染	gǎnrǎn	Vi	to infect / to influence

▷ 例：用不乾淨的手去碰眼睛，眼睛很容易感染。

Yòng bù gānjìng de shǒu qù pèng yǎnjīng, yǎnjīng hěn róngyì gǎnrǎn.

17	風險	风险	fēngxiǎn	N	risk

▶ 例：什麼投資都有風險，沒有一定賺錢的。
　　Shénme tóuzī dōu yǒu fēngxiǎn, méiyǒu yídìng zhuànqián de.

18	即日	即日	jírì	N	this or that very day / in the next few days

▶ 例：公司在日本的分部出了問題，老闆要我即日出發*，趕去處理。
　　Gōngsī zài Rìběn de fēnbù chū le wèntí, lǎobǎn yào wǒ jírì chūfā, gǎn qù chǔlǐ.
　　* 出發（chūfā）：to start out / to set off

19	暫停	暂停	zhàntíng	V	to suspend / time-out (e.g. in sports) / pause (media player)

▶ 例：由於有球員受傷了，因此比賽必須暫停。
　　Yóuyú yǒu qiúyuán shòushāng le, yīncǐ bǐsài bìxū zhàntíng.

20	有氧	有氧	yǒuyǎng	Vs-attr	aerobic / cardio

▶ 例：游泳和慢跑都是有氧運動的一種。
　　Yóuyǒng hé mànpǎo dōu shì yǒuyǎng yùndòng de yì zhǒng.

21	後續	后续	hòuxù	Vs	follow-up

▶ 例：你想知道這部小說的後續發展，就要去買第二本來看。
　　Nǐ xiǎng zhīdào zhè bù xiǎoshuō de hòuxù fāzhǎn, jiù yào qù mǎi dì èr běn lái kàn.

| 22 | 視 | 視 | shì | Prep | to look at / to regard / to inspect |

▷ 例：颱風天放不放颱風假，得視風雨大小決定。
　　Táifēng tiān fàng bú fàng táifēng jià, děi shì fēngyǔ dàxiǎo juédìng.

| 23 | 教職員 | 教职员 | jiàozhíyuán | N | teaching and administrative staff |

▷ 例：這裡是學校教職員的停車場，外人不能停。
　　Zhèlǐ shì xuéxiào jiàozhíyuán de tíngchēchǎng, wàirén bùnéng tíng.

| 24 | 入會 | 入会 | rùhuì | IE | to join a society, association etc |

▷ 例：
　　A：我想加入你們這個團體，應該怎麼做？
　　B：入會只需要填寫資料，再交 500 塊會費就可以了。
　　A：Wǒ xiǎng jiārù nǐmen zhè ge tuántǐ, yīnggāi zěnme zuò?
　　B：Rùhuì zhǐ xūyào tiánxiě zīliào, zài jiāo wǔbǎi kuài huìfèi jiù kěyǐ le.

| 25 | 防疫 | 防疫 | fángyì | Vi | disease prevention / protection against epidemic |

▷ 例：夏天是登革熱 * 最多的季節，要防疫就要小心蚊子。
　　Xiàtiān shì Dēnggérè zuìduō de jìjié, yào fángyì jiù yào xiǎoxīn wénzi.

　　* 登革熱（Dēnggérè）：dengue

26	重新	重新	chóngxīn	Adv	again / once more / re- / restart

▶ 例：張醫師臨時有事不能來上班，病人的看病時間都要重新安排。
  Zhāng yīshī línshí yǒushì bùnéng lái shàngbān, bìngrén de kànbìng shíjiān dōu yào chóngxīn ānpái.

27	期盼	期盼	qípàn/qīpàn	V	hope and expectation / to anticipate / to look forward to / to await expectantly

▶ 例：孩子都期盼快點長大，可以跟大人一樣做很多事。
  Háizi dōu qípàn kuàidiǎn zhǎngdà, kěyǐ gēn dàrén yíyàng zuò hěnduō shì.

28	同心協力	同心协力	tóngxīn xiélì	IE	to work with a common purpose (idiom); to make concerted efforts / to pull together / to work as one

▶ 例：這項工作要靠大家同心協力才能完成，一個人做不到。
  Zhè xiàng gōngzuò yào kào dàjiā tóngxīn xiélì cái néng wánchéng, yí ge rén zuòbúdào.

29	防範	防范	fángfàn	V	to be on guard / wariness / to guard against / preventive

▶ 例：過年出外旅遊，一定要把門窗鎖好，防範小偷趁機「光臨」。
  Guònián chūwài lǚyóu, yídìng yào bǎ ménchuāng suǒhǎo, fángfàn xiǎotōu chènjī "guānglín".

30	擴散	扩散	kuòsàn	Vi	to spread / to proliferate / to diffuse / spread

▶ 例：醫生說吃這個藥可能可以讓癌細胞*不繼續擴散。
　　Yīshēng shuō chī zhè ge yào kěnéng kěyǐ ràng ái xìbāo bú jìxù kuòsàn.
　　　* 細胞（xìbāo）：cell (biology)

31	打造	打造	dǎzào	V	to create / to build / to develop / to forge (of metal)

▶ 例：學校圖書館為學生打造了很舒適的讀書環境。
　　Xuéxiào túshūguǎn wèi xuéshēng dǎzào le hěn shūshì de dúshū huánjìng.

32	將	将	jiāng	Prep	will / shall

▶ 例：本學期期中考將在 11 月中舉行。
　　Běn xuéqí qízhōngkǎo jiāng zài shíyī yuè zhōng jǔxíng.

33	於	于	yú	Prep	in / at / to / from / by

▶ 例：趙小姐是生於美國的華人。
　　Zhào xiǎojiě shì shēng yú Měiguó de Huárén.

34	之	之	zhī	Ptc	(possessive particle, literary equivalent of 的)

▶ 例：動物之家裡面的毛小孩*，都在等別人給牠一個新家。
　　Dòngwù zhī jiā lǐmiàn de máoxiǎohái, dōu zài děng biérén gěi tā yí ge xīnjiā.
　　　* 毛小孩（máoxiǎohái）：furkids

| 35 | 見諒 | 见谅 | jiànliàng | Vi | please forgive me |

▶ 例：錢先生信上說因為訂不到機票，就不來參加這次的活動了，
請我們見諒。

Qián xiānshēng xìnshàng shuō yīnwèi dìngbúdào jīpiào, jiù bù
lái cānjiā zhècì de huódòng le, qǐng wǒmen jiànliàng.

筆記欄

 寫作時間

一、請參考範例一，改寫出一篇關於公司的公告。

二、請參考範例二，改寫出一篇搬家公告。

小叮嚀

在寫公告的時候，要注意下面幾個重點：

1. 公告只用於正式且重要的事，如果不是很重要的，就不必寫公告。

2. 公告是要給所有人看的，所以內容要簡單、明白、容易了解。語氣要很正式，不可以開玩笑，或是有會讓人誤會的地方。

3. 有的公告會有公告人的簽名，有的時候也會蓋章，表示負責。

一起看影片！

第五課

寫心得報告

#5　　　縮寫：讀書心得、電影心得

動動腦

一、什麼是縮寫？

1 「縮寫」:縮(變短、變小、變少)＋寫(寫作)。

A. 是一種寫作的方法。

B. 就是把長的文章變成字數少、內容比較簡單的文章。

C. 一般來說，方法是不重要的地方就不要了，讓文章變短，只留下重點。

2 利用縮寫，可讓文章變得更容易讀。方法有：

A. 可以把長句變成短句。

B. 或是把很多句子合在一起，變成一個句子。

3 雖然字數變少了，但是不可以改變文章本來要講的內容。

4 縮寫的時候，重要的人、事情、時間、地點要留下來，不重要的地方大概說說就可以了。

5 縮寫後的文章，內容必須跟原文一樣清楚，並不是只把字數變少而已。

6 為什麼需要縮寫？

- [ ] 可以抓文章的重點
- [ ] 可以整理重點
- [ ] 可以抄別人的文章
- [ ] 可以讓自己的寫作更進步
- [ ] 可以把句子寫得更簡單、清楚
- [ ] _____

7 什麼時候用？

- [ ] 交書本或電影心得作業
- [ ] 剛開始練習寫作文
- [ ] 作文已經寫得很好了
- [ ] 不知道作文該怎麼寫
- [ ] _____

8 應該怎麼做？

- [ ] 仔細看別人的文章，看他寫了什麼
- [ ] 仔細看別人的文章，看他用了哪些材料
- [ ] 仔細看別人的文章，留下重要的地方
- [ ] 練習用簡單的詞、句子改寫文章
- [ ] 寫好後要檢查，改錯字、句子什麼的
- [ ] _____
- [ ] _____
- [ ] _____

9 寫的時候應該注意什麼？

- ☐ 可以改得跟原本講的完全不一樣
- ☐ 可以學習句子、文章的樣子
- ☐ 可以加上很多自己的想法
- ☐ 可以全部都用別人的文字和想法
- ☐ 可以抄很多人的文章放在一起，變成一篇
- ☐ 可以學習段落的意思，用自己的話再說一遍

二、什麼是心得報告？讀書心得報告？電影心得報告？

1 「心得報告」心得（心裡從別的人、事那裡得到的想法）＋報告（把重要的事用正式的方式讓別人知道）。

A. 就是先給別人介紹你看過、做過的事情。

B. 然後再寫下自己心裡的想法，或是從裡面得到了什麼的文章。

2 常見的心得報告有哪些種類？

A. 「讀書心得」：就是看完一本書以後，先簡單介紹書的內容，然後再把自己的想法、收穫寫下來。寫作重點有：

  a. 書名、作者：這本書叫什麼名字？是誰寫的？

  b. 出版：這本書是誰出版的？什麼時候出版的？出的是第幾版？

  c. 前言：簡單說明會看這本書的原因。

d. 內容大意：簡單介紹書裡重要的內容。

e. 讀後心得：讀完這本書以後有什麼想法？你覺得哪些地方很特別？有什麼收穫？或是有什麼建議？

f. 附註：可以在這裡附上有關的照片、圖片和參考資料。

B. 「電影心得」就是看完電影後，先簡單介紹電影的內容，然後再把自己的想法寫下來。寫作重點有：

a. 導演、編劇、演員介紹：除了介紹導演、編劇和演員的名字以外，如果還有特別的事，也可以一起簡單說明。

b. 前言：簡單說明會看這本書的原因。

c. 故事介紹：簡單介紹電影的重要內容。

d. 觀後心得：看完電影後有什麼想法？你覺得哪些地方很特別？有什麼收穫？或是有什麼建議？

e. 附註：可以在這裡附上有關的照片、圖片和參考資料。

三、再想一想

為什麼要寫心得報告？

☐　要交作業給老師

☐　看了別人的心得，可以知道他做了什麼事

☐　可以讓自己知道要不要也做這件事

☐　可以知道別人的想法、有什麼收穫？

☐　＿＿＿＿＿＿＿＿＿＿＿＿＿＿＿＿＿＿＿＿＿

2 什麼時候用？

- ☐ 要交作業
- ☐ 要通知事情
- ☐ 要為計畫做準備
- ☐ 要看看別人的想法
- ☐ 要讓別人知道自己的想法
- ☐ ＿＿＿＿＿＿＿＿＿＿＿＿＿

3 寫心得報告的時候應該注意什麼？

- ☐ 不是真的也可以寫
- ☐ 不可以全部都抄原文
- ☐ 可以自己用手寫
- ☐ 可以用電腦打字
- ☐ 隨便寫沒關係
- ☐ 寫錯字沒關係
- ☐ ＿＿＿＿＿＿＿＿＿＿＿＿＿
- ☐ ＿＿＿＿＿＿＿＿＿＿＿＿＿

4 心得報告是很正式的嗎？

- ☐ 是
- ☐ 不是

一、請寫一篇看了一本書以後的心得報告。

1. 想一想：

　　A. 你看了哪本書？作者是誰？哪家出版社出版的？是第幾次出
　　　　版？

　　　　_____

　　　　_____

　　B. 這本書的主要內容是什麼？

　　　　_____

　　　　_____

　　C. 看完以後有什麼心得和想法？

　　　　_____

　　　　_____

　　D. 還有什麼可以再介紹的嗎？

　　　　_____

　　　　_____

筆記欄

2. 怎麼寫：

範例一

- 書名：隨身聽小孩
- 作者：林滿秋
- 繪圖者：楊麗玲
- 出版社：小魯文化
- 出版日期：2018/12/01，第三版

一、前言：

　　上華文寫作課的時候，老師要我們找一本書來看，所以我找了一本最讓我感動的書，書名是「隨身聽小孩」。

二、內容大意：

　　「隨身聽小孩」是在描述一個戴著助聽器的孩子——張家龍，小時候因為生了一場病，讓他的聽力受到傷害，所以從此必須靠助聽器生活。張家龍五歲就由媽媽把他帶到臺北念書，一路從特殊教育班念到普通班。那段日子，他遇到許多問題，但是靠著自己努力，解決各種困難，也讓同學們喜歡他、願意跟他做朋友。

三、讀書心得：

　　書中的故事非常吸引我，尤其是他從來不放棄的精神。他不會因為聽不到聲音，就覺得自己比不上別人，他還是努力做好每一件事情，完成自己的夢想。我想學習他的精神，不要因為事情很難就不做了，就像我來台灣學習，我會努力把中文學得更好。看完這本書後，我也覺得自己好幸福，我會好好愛自己已經擁有的一切。

- Shūmíng: Suíshēntīng Xiǎohái
- Zuòzhě: Lín Mǎnqiū
- Huìtú zhě: Yáng Lìlíng
- Chūbǎnshè: Xiǎolǜ Wénhuà
- Chūbǎn rìqí: Èr líng yī bā nián shí'èr yuè yī rì, Dì sān bǎn

Yī, qiányán:

  Shàng Huáwén xiězuò kè de shíhòu, lǎoshī yào wǒmen zhǎo yì běn shū lái kàn, suǒyǐ wǒ zhǎo le yì běn zuì ràng wǒ gǎndòng de shū, shūmíng shì "Suíshēntīng Xiǎohái".

Èr, nèiróng dàyì:

  "Suíshēntīng Xiǎohái" shì zài miáoshù yí ge dàizhe zhùtīngqì de háizi ——Zhāng Jiālóng, xiǎoshíhòu yīnwèi shēng le yì chǎng bìng, ràng tā de tīnglì shòudào shānghài, suǒyǐ cóngcǐ bìxū kào zhùtīngqì shēnghuó. Zhāng Jiālóng wǔ suì jiù yóu māma bǎ tā dàidào Táiběi niànshū, yílù cóng tèshū jiàoyù bān niàndào pǔtōng bān. Nà duàn rìzi, tā yùdào xǔduō wèntí, dànshì kàozhe zìjǐ nǔlì, jiějué gèzhǒng kùnnán, yě ràng tóngxuémen xǐhuān tā, yuànyì gēn tā zuò péngyǒu.

Sān, dúshū xīndé:

  Shūzhōng de gùshì fēicháng xīyǐn wǒ, yóuqí shì tā cónglái bú fàngqì de jīngshén. Tā búhuì yīnwèi tīngbúdào shēngyīn, jiù juéde zìjǐ bǐbúshàng biérén, tā háishì nǔlì zuòhǎo měi yí jiàn shìqíng, wánchéng zìjǐ de mèngxiǎng. Wǒ xiǎng xuéxí tā de jīngshén, búyào yīnwèi shìqíng hěn nán jiù bú zuò le, jiùxiàng wǒ lái Táiwān xuéxí, wǒ huì nǔlì bǎ Zhōngwén xué de gèng hǎo. Kànwán zhè běn shū hòu, wǒ yě juéde zìjǐ hǎo xìngfú, wǒ huì hǎohǎo ài zìjǐ yǐjīng yǒngyǒu de yíqiè.

3. 請從上面的文章，找出下面每個問題的部分：

A. 這本書叫什麼名字？是誰出版的？什麼時候出版的？是第幾版？

_____

_____

_____

B. 這本書的主要內容是什麼？是誰的故事？故事裡的人發生了什麼事？最後怎麼樣？

_____

_____

_____

C. 寫這篇報告的人，讀了這本書，有什麼心得？

_____

_____

_____

D. 報告最後附了什麼？

_____

_____

_____

二、請寫一篇看了一部電影的心得報告。

A. 這部電影叫什麼名字？導演、編劇、演員是誰？還有什麼重要的可以介紹？

_____

_____

B. 這部電影的主要內容是什麼？

_____

_____

C. 看完後有什麼心得、想法？

_____

_____

D. 還有什麼可以再介紹的？

_____

_____

筆記欄

2. 怎麼寫：

範例二

- 電影：心中的小星星
- 導演：阿米爾·罕
- 演員：Darsheel Safary、Aamir Khan
- 產地：印度
- 上映日期：2007 年 12 月 21 日

一、前言：

電影欣賞課，老師讓我們看「心中的小星星」這部電影，內容討論印度的教育問題，老師希望我們看完後能寫寫自己的想法，以下是我的心得報告。

二、內容大意：

這部電影的主角是一位八歲的小男孩——伊翔。他比其他同樣年紀的小孩更有想像力，常常幻想許多不真實的事情，所以同學都覺得他很奇怪，不喜歡他、不跟他做朋友，老師跟鄰居也把他當成問題學生，伊翔的爸爸就把他送到一所寄宿學校讀書。

伊翔以為是爸爸媽媽不要他了，才把他送到那裡去的。那裡的老師很嚴格，同學也笑他，雖然他認識了一位生病的朋友，可是他已經不再像以前一樣活潑、愛想像了。直到新來了一位美術老師——尼康，他發現了伊翔的問題，試著了解他，也試著與伊翔的父母溝通，讓他們明白孩子的情況與問題，在尼康老師的幫助下，伊翔找回了心中的小星星，變回一開始的他，繼續快樂地生活。

三、電影心得：

看完這部電影，我認為我們應該要多關心身邊那些像伊翔的人，不能笑他們，甚至不跟他們做朋友。我很喜歡尼康老師，因為他不是像其他老師那樣，把伊翔當成問題學生，而是想辦法幫他解決問題。雖然有人笑尼康老師這樣做沒有用，可是他仍然不放棄，還是幫助伊翔，真是一位好有愛的老師。

我也很喜歡伊翔，因為他遇見尼康老師後，也很想改變自己，雖然有很多人看不起他，但他沒有因此而自暴自棄，要不然就算有再多像尼康老師一樣的人來幫助他，也沒有用，所以我欣賞他。

○ Diànyǐng: Xīnzhōng de Xiǎo Xīngxing

○ Dǎoyǎn: Ā mǐ'ěr·hǎn

○ Yǎnyuán: Darsheel Safary, Aamir Khan

○ Chǎndì: Yìndù

○ Shàngyìng rìqí: Èr líng líng qī nián shí'èr yuè èrshíyī rì

Yī, qiányán:

Diànyǐng xīnshǎng kè, lǎoshī ràng wǒmen kàn "Xīnzhōng de Xiǎo Xīngxing" zhè bù diànyǐng, nèiróng tǎolùn Yìndù de jiàoyù wèntí, lǎoshī xīwàng wǒmen kànwán hòu néng xiěxiě zìjǐ de xiǎngfǎ, yǐxià shì wǒ de xīndé bàogào.

Èr, nèiróng dàyì:

Zhè bù diànyǐng de zhǔjiǎo shì yí wèi bā suì de xiǎo nánhái——Yīxiáng. Tā bǐ qítā tóngyàng niánjì de xiǎohái gèng yǒu xiǎngxiànglì, chángcháng huànxiǎng xǔduō bù zhēnshí de shìqíng, suǒyǐ tóngxué dōu juéde tā hěn qíguài, bù xǐhuān tā, bù gēn tā zuò péngyǒu, lǎoshī gēn línjū yě bǎ tā dāngchéng wèntí xuéshēng, Yīxiáng de bàba jiù bǎ tā sòngdào yì suǒ jìsù xuéxiào dúshū.

Yīxiáng yǐwéi shì bàba māma búyào tā le, cái bǎ tā sòngdào nàlǐ qù de. Nàlǐ de lǎoshī hěn yángé, tóngxué yě xiào tā, suīrán tā rènshì le yí wèi shēngbìng de péngyǒu, kěshì tā yǐjīng búzài xiàng yǐqián yíyàng huópō, ài xiǎngxiàng le. Zhídào xīnlái le yí wèi měishù lǎoshī ——Níkāng, tā fāxiàn le Yīxiáng de wèntí, shìzhe liǎojiě tā, yě shìzhe yǔ Yīxiáng de fùmǔ gōutōng, ràng tāmen míngbái háizi de qíngkuàng yǔ wèntí, zài Níkāng lǎoshī de bāngzhù xià, Yīxiáng zhǎohuí le xīnzhōng de xiǎo xīngxing, biànhuí yìkāishǐ de tā, jìxù kuàilè de shēnghuó.

Sān, diànyǐng xīndé:

　　Kànwán zhè bù diànyǐng, wǒ rènwéi wǒmen yīnggāi yào duō guānxīn shēnbiān nàxiē xiàng Yīxiáng de rén, bùnéng xiào tāmen, shènzhì bù gēn tāmen zuò péngyǒu. Wǒ hěn xǐhuān Níkāng lǎoshī, yīnwèi tā búshì xiàng qítā lǎoshī nàyàng, bǎ Yīxiáng dāngchéng wèntí xuéshēng, érshì xiǎng bànfǎ bāng tā jiějué wèntí. Suīrán yǒurén xiào Níkāng lǎoshī zhèyàng zuò méiyǒu yòng, kěshì tā réngrán bú fàngqì, háishì bāngzhù Yīxiáng, zhēnshì yí wèi hǎo yǒu ài de lǎoshī.

　　Wǒ yě hěn xǐhuān Yīxiáng, yīnwèi tā yùjiàn Níkāng lǎoshī hòu, yě hěn xiǎng gǎibiàn zìjǐ, suīrán yǒu hěnduō rén kànbùqǐ tā, dàn tā méiyǒu yīncǐ ér zìbàozìqì, yàobùrán jiùsuàn yǒu zàiduō xiàng Níkāng lǎoshī yíyàng de rén lái bāngzhù tā, yě méiyǒu yòng, suǒyǐ wǒ xīnshǎng tā.

3. 請從上面的文章，找出下面每個問題的部分：

A. 這部電影叫什麼名字？導演、編劇、演員是誰？是在哪裡拍的電影？是什麼時候的電影？

_____

_____

B. 這部電影的主要內容是什麼？是誰的故事？故事裡的人發生了
什麼事？最後怎麼樣？

_____

_____

C. 寫這篇報告的人，看了這部電影，有什麼心得？

_____

_____

D. 報告最後附了什麼？

_____

_____

 生詞

生詞（正體）	生詞（简体）	漢語拼音	詞性	英文解釋
1　縮	缩	suō	Vi	to shrink / to reduce

▶ 例：在電腦上看照片，可以放大、縮小，很方便。
　　Zài diànnǎo shàng kàn zhàopiàn, kěyǐ fàngdà, suōxiǎo, hěn fāngbiàn.

				to arrange / to tidy up / to list /
2　整理	整理	zhěnglǐ	V	to collate (data, files) / to pack (luggage)

▶ 例：週末我喜歡在家整理房間和讀書札記，不喜歡出去。
　　Zhōumò wǒ xǐhuān zàijiā zhěnglǐ fángjiān hé dúshū zhájì, bù xǐhuān chūqù.

3	心得	心得	xīndé	N	what one has learned (through experience, reading etc.) / insight / understanding / tips / review

▶ 例：這項工作我做了一個月，對很多事開始有一些心得了。

　　Zhè xiàng gōngzuò wǒ zuò le yí ge yuè, duì hěnduō shì kāishǐ yǒu yìxiē xīndé le.

4	收穫	收获	shōuhuò	N	harvest / reward

▶ 例：暑假我去醫院當志工，幫助病人，收穫很多。

　　Shǔjià wǒ qù yīyuàn dāng zhìgōng, bāngzhù bìngrén, shōuhuò hěnduō.

5	作者	作者	zuòzhě	N	author / writer

▶ 例：這本書的作者是美國人，你可以找找英文原文的來讀。

　　Zhè běn shū de zuòzhě shì Měiguó rén, nǐ kěyǐ zhǎozhǎo Yīngwén yuánwén de lái dú.

6	出版	出版	chūbǎn	V	to publish / to come off the press / to put out

▶ 例：陳老師的新書什麼時候出版？網路上買得到嗎？

　　Chén lǎoshī de xīnshū shénme shíhòu chūbǎn? Wǎnglù shàng mǎidedào ma?

| 7 | 前言 | 前言 | qiányán | N | preface / forward / introduction |

▷ 例：寫在文章開始以前的說明叫「前言」，寫在最後表示結束的
叫「結語*」。

Xiě zài wénzhāng kāishǐ yǐqián de shuōmíng jiào "qiányán", xiě
zài zuìhòu biǎoshì jiéshù de jiào "jiéyǔ".

*結語（jiéyǔ）：epilogue

| 8 | 大意 | 大意 | dàyì | N | general idea / main idea |

▷ 例：早上老闆打電話來說了很多，大意是可能要減產和資遣工人。

Zǎoshàng lǎobǎn dǎ diànhuà lái shuō le hěnduō, dàyì shì kěnéng
yào jiǎnchǎn hé zīqiǎn gōngrén.

| 9 | 附註 | 附注 | fùzhù | N | note / annotation |

▷ 例：如果對商品有特別的要求，可以寫在附註裡，讓店家知道。

Rúguǒ duì shāngpǐn yǒu tèbié de yāoqiú, kěyǐ xiě zài fùzhù lǐ,
ràng diànjiā zhīdào.

| 10 | 導演 | 导演 | dǎoyǎn | N | director |

▷ 例：這位導演導的電影常常得獎。

Zhè wèi dǎoyǎn dǎo de diànyǐng chángcháng déjiǎng.

| 11 | 編劇 | 编剧 | biānjù | N | dramatist / screenwriter |

▷ 例：好的編劇一定要很有想像力，才能編出吸引人的劇情*。

Hǎo de biānjù yídìng yào hěn yǒu xiǎngxiànglì, cáinéng biānchū
xīyǐn rén de jùqíng.

*劇情（jùqíng）：story line / plot

12	隨身聽	随身听	suíshēntīng	N	Walkman / portable stereo

▶ 例：以前沒有手機的時候，想一邊走路一邊聽音樂，就要有隨身聽。
Yǐqián méiyǒu shǒujī de shíhòu, xiǎng yìbiān zǒulù yìbiān tīng yīnyuè, jiù yào yǒu suíshēntīng.

13	繪圖	绘图	huìtú	V-sep	to draw / to draft

▶ 例：你覺得電腦繪圖跟人親手畫出來的，哪個好看？
Nǐ juéde diànnǎo huì tú gēn rén qīnshǒu huà chūlái de, nǎ ge hǎokàn?

14	出版社	出版社	chūbǎnshè	N	publisher / press

▶ 例：這家出版社只出版外文書，沒有中文的。
Zhè jiā chūbǎnshè zhǐ chūbǎn wàiwén shū, méiyǒu Zhōngwén de.

15	助聽器	助听器	zhùtīngqì	N	hearing aid

▶ 例：有的老人耳朵不好，戴上助聽器以後就聽得見了。
Yǒude lǎorén ěrduo bùhǎo, dàishàng zhùtīngqì yǐhòu jiù tīngdejiàn le.

16	特殊	特殊	tèshū	Vs	special / particular / unusual / extraordinary

▶ 例：平常上班是不能遲到的，但是今天有大風雨，情況特殊，所以老闆說沒關係。
Píngcháng shàngbān shì bùnéng chídào de, dànshì jīntiān yǒu dà fēngyǔ, qíngkuàng tèshū, suǒyǐ lǎobǎn shuō méiguānxi.

| 17 | 尤其 | 尤其 | yóuqí | Adv | especially / particularly |

例：王小姐很喜歡旅行，尤其喜歡去歐洲。
　　Wáng xiǎojiě hěn xǐhuān lǚxíng, yóuqí xǐhuān qù Ōuzhōu.

| 18 | 從來 | 从来 | cónglái | Adv | always / at all times / never (if used in negative sentence) / have always been... |

例：我來台灣以前，從來都沒吃過臭豆腐，可是一吃就愛上了。
　　Wǒ lái Táiwān yǐqián, cónglái dōu méi chī guò chòudòufǔ, kěshì yì chī jiù àishàng le.

| 19 | 放棄 | 放弃 | fàngqì | Vi | to renounce / to abandon / to give up |

例：張先生說他年輕的時候，因為家裡沒錢而放棄了念大學的機會。
　　Zhāng xiānshēng shuō tā niánqīng de shíhòu, yīnwèi jiālǐ méi qián ér fàngqì le niàn dàxué de jīhuì.

| 20 | 幸福 | 幸福 | xìngfú | Vs | happiness / happy / blessed |

例：只要有錢，就能過幸福的生活嗎？
　　Zhǐyào yǒu qián, jiù néng guò xìngfú de shēnghuó ma?

| 21 | 擁有 | 拥有 | yǒngyǒu | Vs | to have / to possess |

例：李先生才 30 歲，就已經擁有三棟房子和兩家公司了。
　　Lǐ xiānshēng cái sānshí suì, jiù yǐjīng yǒngyǒu sān dòng fángzi hé liǎng jiā gōngsī le.

22	上映	上映	shàngyìng	V	to show (a movie) / to screen

▶ 例：這部電影才上映一天，就有一百萬的票房 *。

Zhè bù diànyǐng cái shàngyìng yì tiān, jiù yǒu yìbǎi wàn de piàofáng.

* 票房（piàofáng）：box office

23	討論	讨论	tǎolùn	V	to discuss / to talk over

▶ 例：這個產品的售價多少才合理，還要再開會討論。

Zhè ge chǎnpǐn de shòujià duōshǎo cái hélǐ, hái yào zài kāihuì tǎolùn.

24	幻想	幻想	huànxiǎng	V/N	delusion / fantasy / imagination/ fantasize

▶ 例：很多小女孩喜歡把自己幻想成公主，以為什麼事都會有人替她做好，長大以後就知道那真的只是幻想。

Hěnduō xiǎo nǚhái xǐhuān bǎ zìjǐ huànxiǎngchéng gōngzhǔ, yǐwéi shénme shì dōu huì yǒurén tì tā zuòhǎo, zhǎngdà yǐhòu jiù zhīdào nà zhēnde zhǐshì huànxiǎng.

25	許多	许多	xǔduō	Adv	many / a lot of / much

▶ 例：小美很喜歡她的大學生活，每天都有許多好玩的事，讓她過得很開心。

Xiǎoměi hěn xǐhuān tā de dàxué shēnghuó, měitiān dōu yǒu xǔduō hǎowán de shì, ràng tā guò de hěn kāixīn.

| 26 | 寄宿 | 寄宿 | jìsù | N | to stay / to lodge / to board |

▷ 例：林小姐明天要出國，就把她的狗送到寵物店＊去寄宿了。
Lín xiǎojiě míngtiān yào chūguó, jiù bǎ tā de gǒu sòngdào chǒngwù diàn qù jìsù le.

＊寵物店（chǒngwù diàn）：pet shop

| 27 | 溝通 | 沟通 | gōutōng | V | to communicate |

▷ 例：大家對舉辦特賣會來促銷＊還有不同的意見，還需要溝通。
Dàjiā duì jǔbàn tèmàihuì lái cùxiāo háiyǒu bùtóng de yìjiàn, hái xūyào gōutōng.

＊促銷（cùxiāo）：to promote sales

| 28 | 甚至 | 甚至 | shènzhì | Conj | even / so much so that |

▷ 例：今年冬天特別冷，甚至平常不下雪的地方都下了好幾場雪。
Jīnnián dōngtiān tèbié lěng, shènzhì píngcháng bú xià xuě de dìfāng dōu xià le hǎojǐ chǎng xuě.

| 29 | 仍然 | 仍然 | réngrán | Adv | still / yet |

▷ 例：考試那天小華寫著寫著忽然發起燒來了，可是仍然考了100分。
Kǎoshì nàitiān Xiǎohuá xiězhe xiězhe hūrán fāqǐ shāo lái le, kěshì réngrán kǎo le yìbǎi fēn.

句型

句型（正體）	句型（简体）	漢語拼音	英文解釋
1 尤其是……	尤其是……	yóuqí shì…	especially...

★用法說明：

在「尤其是」的前面，會先說出一個主題或是已經知道的情況，再用「尤其是」後面帶出在這個主題或情況中，最特別的部分。

例：台灣有很多漂亮的風景，尤其是東部。
Táiwān yǒu hěnduō piàoliàng de fēngjǐng, yóuqí shì dōngbù.

例：這種車賣得非常好，尤其是黑色的。
Zhè zhǒng chē mài de fēicháng hǎo, yóuqí shì hēisè de.

練習一：錢先生很喜歡參加各種活動，＿＿＿＿＿＿＿＿＿＿＿。

練習二：

A：很多人都說中文很難學，你認為呢？

B：＿＿＿＿＿＿＿＿＿＿＿＿＿＿＿。

2 ┃ 從來不／沒 ┃ 从来不／沒 ┃ Cónglái bù/ ┃ ┃
　 ┃ …… ┃ …… ┃ méi… ┃ never ┃

★用法說明：

　　強調從以前到現在都不做或沒做過的。

▍例：我從來不喝酒，因為我覺得喝酒對身體不好。
　　　Wǒ cónglái bù hējiǔ, yīnwèi wǒ juéde hējiǔ duì shēntǐ bùhǎo.

▍例：我們從來沒見過，可是他一直說他認識我，好奇怪。
　　　Wǒmen cónglái méi jiànguò, kěshì tā yìzhí shuō tā rènshì wǒ, hǎo qíguài.

練習一：＿＿＿＿＿＿＿＿＿＿＿＿＿＿＿＿，所以大家都說他是好學生。

練習二：

　　A：你知道這家餐廳嗎？聽說菜都很好吃。

　　B：＿＿＿＿＿＿＿＿＿＿＿＿＿＿＿＿＿＿＿＿。

3 ┃ 不是…… ┃ 不是…… ┃ búshì… ┃ ┃
　 ┃ 而是…… ┃ 而是…… ┃ érshì… ┃ not always... rather ... ┃

★用法說明：

　　1.「不是」的後面說明不是本來的情況，本來的不對。
　　2.「而是」的後面才是對的，或是真正的原因或理由。

▍例：小孩子學壞了，常常不是孩子的問題，而是父母的問題。
　　　Xiǎo háizǐ xuéhuài le, chángcháng búshì háizi de wèntí, érshì fùmǔ de wèntí.

▍例：我不是不想去旅行，而是沒錢去旅行。
　　　Wǒ búshì bùxiǎng qù lǚxíng, érshì méi qián qù lǚxíng.

練習一：父母常說念書不是為了別人，＿＿＿＿＿＿＿＿＿＿＿＿。

練習二：

A：小王家那麼有錢，他為什麼還要去打工？

B：＿＿＿＿＿＿＿＿＿＿＿＿＿＿＿＿＿。

4	就算…… 也……	就算…… 也……	jiùsuàn… yě…	even if...

★用法說明：

　　「就算」後面接的情況，通常不容易發生。如果真的發生了，「也」的後面會有跟前面相反的情況出現。

例：只要是跟好朋友在一起，就算沒做什麼特別的事，也很高興。

Zhǐyào shì gēn hǎo péngyǒu zài yìqǐ, jiùsuàn méi zuò shénme tèbié de shì, yě hěn gāoxìng.

例：新冠肺炎的疫情還很嚴重，就算有免費機票，沒有特別的事，最好也不要搭機出國。

Xīnguān Fèiyán de yìqíng hái hěn yánzhòng, jiùsuàn yǒu miǎnfèi jīpiào, méiyǒu tèbié de shì, zuìhǎo yě búyào dā jī chūguó.

練習一：他說他一定要搬到學校外面去住，＿＿＿＿＿＿＿＿＿＿。

練習二：

A：你能不能借我抄你的功課？我請你吃牛肉麵。

B：＿＿＿＿＿＿＿＿＿＿＿＿＿＿＿＿＿。

 寫作時間

一、請參考範例一，縮寫出一篇讀書心得報告。

二、請參考範例二，縮寫出一篇電影心得報告。

1. 寫心得報告的時候，介紹書本或電影內容的部分，不要寫得太長，把重要的地方記下來、簡單介紹就可以了。心得才是報告的重點，應該多寫一點。

2. 寫文章的時候，如果用了別人的話，要把是誰說的、誰寫的清楚地標示（biāoshì: to indicate）出來，不可以抄了別人的文句，然後說是自己的。

一起看影片！

第六課

寫 故 事

#6

擴寫：看圖作文、擴寫詩歌

動動腦

一、什麼是擴寫？

1　「擴寫」：擴（放大）＋寫（寫作）。

A. 是一種寫作的方法。

B. 就是把短的文章變成字數長、內容較清楚完整的文章。

C. 通常會把重要的地方、事情的經過說明得更清楚。

D. 或是加上一些形容詞，讓內容更具體、生動。

2　為什麼要練習擴寫？

☐　練習把事情講得更清楚

☐　練習整理重點

☐　抄別人的文章

☐　讓自己的文章更進步

☐　讓句子寫得更簡單、清楚

☐　＿＿＿＿＿＿＿＿＿＿＿＿＿＿＿

3　什麼時候用？

☐　交作業的時候

☐　剛開始練習寫作文的時候

☐　作文已經寫得很好的時候

☐　不知道作文該怎麼寫的時候

☐　＿＿＿＿＿＿＿＿＿＿＿＿＿＿＿

4 應該怎麼做？

☐ 仔細看文章的重點，想想可以再增加些什麼

☐ 練習用更長的句子寫出更清楚完整的文章

☐ 寫好後要檢查，改錯字、句子什麼的

☐ _____

☐ _____

5 寫的時候應該注意什麼？

☐ 可以擴得跟原本講的完全不一樣

☐ 可以加上自己的想法

☐ 可以用自己的話再說一遍

☐ 應該學習怎麼把句子寫得更長、更完整

☐ 全部都用別人的文字和想法沒關係

☐ 最好抄很多人的文章放在一起，變成一篇

☐ _____

筆記欄

二、什麼是「看圖作文」和「擴寫詩歌」？

1 「看圖作文」：看圖（看圖片）＋作文（寫文章）。

A. 就是看著圖片，觀察裡面的內容。

B. 用生動的句子或是自己的想法，把圖片裡的內容說出來，寫成一篇完整的文章。

2 「擴寫詩歌」：擴寫（把句子或文章內容變長）＋詩歌（詩和歌曲）。

A. 就是看著圖片，觀察裡面的內容。

B. 用生動的句子或是自己的想法，把圖片裡的內容說出來，寫成一篇完整的文章。

三、再想一想

1 為什麼要看圖作文、擴寫詩歌？

☐ 要交作業給老師

☐ 練習觀察

☐ 練習寫作

☐ 發揮想像力

☐ _____

2 什麼時候用？

- [ ] 要交作業的時候
- [ ] 要計劃事情的時候
- [ ] 要告訴別人事情的時候
- [ ] 要表現自己的想法的時候
- [ ] _____

3 看圖作文、擴寫詩歌的時候應該注意什麼？

- [ ] 不能離開原來的主題
- [ ] 內容變多是因為寫得詳細
- [ ] 不重要的也可以寫
- [ ] 原來不在圖和詩歌裡的不可以寫
- [ ] 可以自己用手寫
- [ ] 可以用電腦打字
- [ ] 隨便寫沒關係
- [ ] 寫錯字沒關係
- [ ] _____
- [ ] _____

4 看圖作文、擴寫詩歌是很正式的嗎？

- [ ] 是
- [ ] 不是

 動動手

一、請看下面的圖片，寫出一個完整的故事。

1. 想一想：

A. 請看第一張圖，主角是誰？牠發生了什麼事？說說牠的動作、
表情什麼的，另外，你還看到了什麼？

_____

_____

_____

_____

_____

B. 請看第二張圖，再說說牠發生了什麼事？還有什麼呢？

_____

_____

_____

_____

_____

筆記欄

2. 怎麼寫：

範例一

烏鴉喝水

　　有一隻又累又渴的小烏鴉正在找水喝，地上剛好有個瓶子，裡面裝著一點水，但是這個瓶子很高，瓶口又很小，小烏鴉怎麼也喝不到水。就在既著急，又不知道該怎麼辦的時候，忽然發現瓶子旁邊有許多小石頭，於是小烏鴉想：「如果我把旁邊的小石頭一個一個放進瓶子裡去，水就會往上升，那我就可以喝到水啦!」想著想著，小烏鴉開心了起來，馬上努力地叼起石頭，一個接著一個丟到瓶子裡去，水真的慢慢地往上升了！忙了半天，水升得越來越高，離瓶口也越來越近，等牠把石頭都搬完了，水也滿到了瓶口，才終於成功喝到了水。最後牠高興地張開翅膀跳起舞來，然後把瓶子裡的水都喝光了。

Wūyā Hē Shuǐ

Yǒu yì zhī yòu lèi yòu kě de xiǎo wūyā zhèngzài zhǎo shuǐ hē, dìshàng gānghǎo yǒu ge píngzi, lǐmiàn zhuāngzhe yìdiǎn shuǐ, dànshì zhè ge píngzi hěn gāo, píngkǒu yòu hěn xiǎo, xiǎo wūyā zěnme yě hēbúdào shuǐ. Jiù zài jí zhāojí, yòu bù zhīdào gāi zěnmebàn de shíhòu, hūrán fāxiàn píngzi pángbiān yǒu xǔduō xiǎo shítóu, yúshì xiǎo wūyā xiǎng: "Rúguǒ wǒ bǎ pángbiān de xiǎo shítóu yíge yíge fàngjìn píngzi lǐ qù, shuǐ jiù huì wǎng shàngshēng, nà wǒ jiù kěyǐ hēdào shuǐ la!" Xiǎngzhe xiǎngzhe, xiǎo wūyā kāixīn le qǐlái, mǎshàng nǔlì de diāoqǐ shítóu, yí ge jiēzhe yí ge diūdào píngzi lǐ qù, shuǐ zhēnde mànmàn de wǎng shàngshēng le! Máng le bàntiān, shuǐ shēng de yuèláiyuè gāo, lí píngkǒu yě yuèláiyuè jìn, děng tā bǎ shítóu dōu bānwán le, shuǐ yě mǎndào le píngkǒu, cái zhōngyú chénggōng hēdào le shuǐ. Zuìhòu tā gāoxìng de zhāngkāi chìbǎng tiàoqǐ wǔ lái, ránhòu bǎ píngzi lǐ de shuǐ dōu hēguāng le.

3. 請從上面的文章，找出下面每個問題的部分：

A. 主角是誰？

_____

_____

B. 牠發生了什麼事？

_____

_____

_____

_____

C. 牠想到用什麼方法來解決問題？

_____

_____

_____

_____

D. 後來發生了什麼事？

_____

_____

_____

_____

E. 故事的結局是什麼？

_____

_____

_____

_____

二、請擴寫下面這首兒童詩。

> 螢火蟲，點燈籠，
>
> 飛到西，飛到東。
>
> 飛到河邊上，小魚在做夢。
>
> 飛到樹林裡，小鳥睡正濃。
>
> 飛過張家牆，張家姊妹忙裁縫。
>
> 飛過李家牆，李家哥哥做夜工。
>
> 螢火蟲，螢火蟲，
>
> 何不飛上天，
>
> 做個星星掛天空？
>
> （葉聖陶 [1] 〈螢火蟲〉）

---

1 葉聖陶（Yè Shèngtáo）：1894 年 10 月 28 日－ 1988 年 2 月 16 日，是中國的名作家，為兒童寫了不少很棒的詩、故事和文章。

Yínghuǒchóng, diǎn dēnglóng,

fēidào xī, fēidào dōng.

Fēidào hébiān shàng, xiǎoyú zài zuòmèng.

Fēidào shùlín lǐ, xiǎoniǎo shuì zhèng nóng.

Fēiguò Zhāngjiā qiáng, Zhāngjiā jiěmèi máng cáiféng.

Fēiguò Lǐjiā qiáng, Lǐjiā gēge zuò yègōng.

Yínghuǒchóng, yínghuǒchóng,

hébù fēishàng tiān,

zuò ge xīngxīng guà tiānkōng?

(Yè Shèngtáo 〈Yínghuǒchóng〉)

1. 想一想：

A. 這首詩主要說的是誰的事？

_____

_____

_____

_____

B. 裡面有哪些角色？

_____

_____

_____

_____

C. 他們／牠們在做什麼？

_____

_____

_____

_____

D. 螢火蟲是怎麼看到這些角色在做什麼的？

_____

_____

_____

_____

E. 作者認為螢火蟲應該變成什麼？你覺得他為什麼這麼想？

_____

_____

_____

_____

F. 還有什麼別的可以說一說的？

_____

_____

_____

_____

筆記欄

2.怎麼寫：

螢火蟲

　　螢火蟲提著燈籠，飛來飛去，飛到了小河邊。小河裡的水一直流，發出嘩啦啦的聲音，在這大自然美妙的歌聲裡，小魚在荷花的葉子旁邊睡著了，尾巴偶爾還動一動，好像正做著香甜的美夢。

　　螢火蟲提著燈籠，飛來飛去，飛到了樹林裡。鳥兒們白天玩得太累了，於是現在一個一個都一動也不動地休息著。一陣微風吹過，樹葉響起了沙沙的聲音，會不會把既熟睡又好眠的鳥兒給吵醒了？

　　螢火蟲提著燈籠，飛來飛去，飛過了張家的牆，看見張家姊妹正在做新衣，準備過新年。她們穿上新衣服以後會是什麼樣子？一定很好看吧？螢火蟲能不能也跟她們一樣，換上一身新衣呢？

　　螢火蟲又提著燈籠，飛來飛去，飛過了李家的牆，發現了忙著做工的李家哥哥。這麼晚了還在工作，真辛苦！他要做到什麼時候，才能像小鳥兒那樣好好地休息休息呢？

　　提著燈籠一處接著一處飛來飛去的螢火蟲啊螢火蟲！你為什麼不就飛到遙遠的天上，做一顆明亮的小星星，永遠高高地掛在美麗的夜空中呢？

Yínghuǒchóng

Yínghuǒchóng tízhe dēnglóng, fēiláifēiqù, fēidào le xiǎohé biān. Xiǎohé lǐ de shuǐ yìzhí liú, fāchū huālālā de shēngyīn, zài zhè dàzìrán měimiào de gēshēng lǐ, xiǎoyú zài héhuā de yèzi pángbiān shuìzháo le, wěibā ǒu'ěr hái dòngyídòng, hǎoxiàng zhèng zuòzhe xiāngtián de měimèng.

Yínghuǒchóng tízhe dēnglóng, fēiláifēiqù, fēidào le shùlín lǐ. Niǎo'ermen báitiān wán de tài lèi le, yúshì xiànzài yíge yíge dōu yídòng yě búdòng de xiūxízhe. Yízhèn wéifēng chuīguò, shùyè xiǎngqǐ le shāshā de shēngyīn, huìbúhuì bǎ jì shóushuì yòu hǎomián de niǎo'er gěi chǎoxǐng le?

Yínghuǒchóng tízhe dēnglóng, fēiláifēiqù, fēiguò le Zhāngjiā de qiáng, kànjiàn Zhāngjiā jiěmèi zhèngzài zuò xīnyī, zhǔnbèi guò xīnnián. Tāmen chuānshàng xīn yīfú yǐhòu huì shì shénme yàngzi? Yídìng hěn hǎokàn ba? Yínghuǒchóng néngbùnéng yě gēn tāmen yíyàng, huànshàng yìshēn xīnyī ne?

Yínghuǒchóng yòu tízhe dēnglóng, fēiláifēiqù, fēiguò le Lǐjiā de qiáng, fāxiàn le mángzhe zuògōng de Lǐjiā gēge. Zhème wǎn le hái zài gōngzuò, zhēn xīnkǔ! Tā yào zuòdào shénme shíhòu, cái néng xiàng xiǎoniǎo'er nàyàng hǎohǎo de xiūxí xiūxí ne?

Tízhe dēnglóng yíchù jiēzhe yíchù fēiláifēiqù de yínghuǒchóng a yínghuǒchóng! Nǐ wèishénme bú jiù fēidào yáoyuǎn de tiānshàng, zuò yì kē míngliàng de xiǎo xīngxīng, yǒngyuǎn gāogāo de guà zài měilì de yèkōng zhōng ne?

3. 請從上面的文章，找出下面每個問題的部分：

A. 請跟原文比一比，第一段有哪些地方是擴寫出來的？

_____

_____

B. 第二段呢？

_____

_____

C. 第三段呢？

_____

_____

D. 最後一段呢？

_____

_____

E. 請你比一比原來的詩跟擴寫以後的文章，有什麼不一樣的感覺？

_____

_____

 生詞

	生詞 (正體)	生詞 (简体)	漢語拼音	詞性	英文解釋
1	擴	扩	kuò	Vpt	enlarge

▶ 例：老師上課用麥克風擴音，就不必太費力說話了。
　　Lǎoshī shàngkè yòng màikèfēng kuòyīn, jiù búbì tài fèilì
　　shuōhuà le.

2	形容詞	形容词	xíngróngcí	N	adjective

▶ 例：這個巧克力的味道太奇怪了！我想不出什麼形容詞來形容*。
　　Zhè ge qiǎokèlì de wèidào tài qíguài le! Wǒ xiǎng bù chū
　　shénme xíngróngcí lái xíngróng.
　　* 形容（xíngróng）：to describe

3	生動	生动	shēngdòng	Vs	vivid / lively

▶ 例：我媽媽說故事，總是能把角色說得很生動，好像就在眼前一
　　樣。
　　Wǒ māma shuō gùshì, zǒngshì néng bǎ jiǎosè shuō de hěn
　　shēngdòng, hǎoxiàng jiù zài yǎnqián yíyàng.

4	詩	诗	shī	N	poem

▶ 例：馬老師是很有名的詩人，他寫的詩都是關心孩子的。
　　Mǎ lǎoshī shì hěn yǒumíng de shīrén, tā xiě de shī dōu shì
　　guānxīn háizi de.

| 5 | 觀察 | 观察 | guānchá | V/N | to observe / to watch / observation / view |

▷ 例：

    A：聽說你觀察這次選舉的發展，已經觀察了好久了，怎麼
        樣呢？

    B：根據我的觀察，那位總統 * 可能不會連任了。

    A：Tīngshuō nǐ guānchá zhè cì xuǎnjǔ de fāzhǎn, yǐjīng guānchá
        le hǎojiǔ le, zěnmeyàng ne?

    B：Gēnjù wǒ de guānchá, nà wèi zǒngtǒng kěnéng búhuì liánrèn le.

    * 總統（zǒngtǒng）：a country's president

| 6 | 發揮 | 发挥 | fāhuī | V | to display / to exhibit / to bring out implicit or innate qualities / to express (a thought or oral)/ to develop (an idea) / to elaborate (on a theme) |

▷ 例：紅運公司運動鞋特賣會發揮了作用 *，銷量提高了百分之十。
    Hóngyùn Gōngsī yùndòngxié tèmàihuì fāhuī le zuòyòng,
    xiāoliàng tígāo le bǎi fēn zhī shí.

    * 作用（zuòyòng）：function / activity / effect

| 7 | 主題 | 主题 | zhǔtí | N | theme / subject / topic |

▷ 例：期末報告的主題是電影心得，要寫一千字。
    Qímò bàogào de zhǔtí shì diànyǐng xīndé, yào xiě yì qiān zì.

8	詳細	詳細	xiángxì	Vs	detailed / in detail

▶ 例：這份說明書寫得很詳細，把這台冷氣的功能都介紹得很清楚。
　　Zhè fèn shuōmíngshū xiě de hěn xiángxì, bǎ zhè tái lěngqì de gōngnéng dōu jièshào de hěn qīngchǔ.

9	牠	牠	tā	N	it (used for animals)

▶ 例：王美美一開門，狗就跑出來了，我趕快把牠抱了起來。
　　Wáng Měiměi yì kāimén, gǒu jiù pǎo chūlái le, wǒ gǎnkuài bǎ tā bào le qǐlái.

10	剛好	刚好	gānghǎo	adv	just so happened

▶ 例：室友想喝珍珠奶茶*，我剛好買了兩杯，就給了她一杯。
　　Shìyǒu xiǎng hē zhēnzhū nǎichá, wǒ gānghǎo mǎi le liǎng bēi, jiù gěi le tā yì bēi.
　　* 珍珠奶茶（zhēnzhū nǎichá）：bubble tea

11	上升	上升	shàngshēng	V	to rise / to go up / to ascend

▶ 例：學校規定氣溫沒上升到 28 度，不可以開冷氣。
　　Xuéxiào guīdìng qìwēn méi shàngshēng dào èrshí bā dù, bù kěyǐ kāi lěngqì.

12	叼	叼	diāo	V	to hold in the mouth

▶ 例：爸爸叼著煙回來，媽媽看見爸爸又抽煙，馬上就生氣了。
　　Bàba diāozhe yān huílái, māma kànjiàn bàba yòu chōuyān, mǎshàng jiù shēngqì le.

| 13 | 成功 | 成功 | chénggōng | Vs / N | to succeed / success |

▶ 例：

　　A：謝謝老師的幫助，這次活動才能辦得這麼成功。

　　B：你們的成功來自你們的努力，我沒幫上什麼忙。

　　A：Xièxie lǎoshī de bāngzhù, zhè cì huódòng cái néng bàn de zhème chénggōng.

　　B：Nǐmen de chénggōng láizì nǐmen de nǔlì, wǒ méi bāngshàng shénme máng.

| 14 | 張開 | 张开 | zhāngkāi | Vi | to open up / to spread / to extend |

▶ 例：我的喉嚨痛，醫生叫我張開嘴巴，給他看看有沒有發炎。

　　Wǒ de hóulóng tòng, yīshēng jiào wǒ zhāngkāi zuǐbā, gěi tā kànkàn yǒu méiyǒu fāyán.

| 15 | 翅膀 | 翅膀 | chìbǎng | N | wing |

▶ 例：要是人也能跟小鳥一樣有一雙／對翅膀，想去哪裡就去哪裡，該有多好！

　　Yàoshì rén yě néng gēn xiǎoniǎo yíyàng yǒu yì shuāng/duì chìbǎng, xiǎng qù nǎlǐ jiù qù nǎlǐ, gāi yǒu duō hǎo!

| 16 | 螢火蟲 | 萤火虫 | yínghuǒchóng | Vi | firefly |

▶ 例：螢火蟲只有在晚上才會發光嗎？

　　Yínghuǒchóng zhǐyǒu zài wǎnshàng cái huì fāguāng ma?

17	點	点	diǎn	V	to light / to light a fire

▶ 例：

A：咦？浴室怎麼都沒有熱水？

B：熱水器壞了，點不著了，房東等一下會來看。

A：Yí? Yùshì zěnme dōu méiyǒu rèshuǐ?

B：Rèshuǐqì huài le, diǎnbùzháo le, fángdōng děngyíxià huì lái kàn.

18	燈籠	灯笼	dēnglóng	N	lantern

▶ 例：小孩子喜歡過元宵節 *，是因為晚上可以提燈籠。

Xiǎo háizi xǐhuān guò Yuánxiāo jié, shì yīnwèi wǎnshàng kěyǐ tí dēnglóng.

* 元宵節（Yuánxiāo jié）：Lantern Festival

19	樹林	树林	shùlín	N	woods / grove / forest

▶ 例：學校後面的那片樹林裡，住了不少流浪貓狗 *。

Xuéxiào hòumiàn de nà piàn shùlín lǐ, zhù le bùshǎo liúlàng māo gǒu.

* 流浪貓狗（liúlàng māo gǒu）：homeless cat and dog

20	濃	浓	nóng	Vs	concentrated / dense

▶ 例：小明已經在台灣住了 20 年了，跟台灣的感情濃得化不開，所以不願意回國。

Xiǎomíng yǐjīng zài Táiwān zhùle èrshí nián le, gēn Táiwān de gǎnqíng nóng de huàbùkāi, suǒyǐ bú yuànyì huíguó.

| 21 | 裁縫 | 裁縫 | cáiféng | V / N | tailor / dressmaker |

▷ 例：裁縫（師）動動手就把這塊布裁縫成了一件很美的上衣。

Cáiféng (shī) dòngdòngshǒu jiù bǎ zhè kuài bù cáiféng chéng le yí jiàn hěn měi de shàngyī.

| 22 | 何 | 何 | hé | IE | what / how / why / which |

▷ 例：考卷上常看到「何者是對的？」，「何者」的意思就是「哪一個」。

Kǎojuàn shàng cháng kàndào "hézhě shì duì de?", "Hézhě" de yìsi jiùshì "nǎ yí ge".

| 23 | 嘩啦啦 | 哗啦啦 | huālālā | IE | sound of running water |

▷ 例：雨已經嘩啦啦下了一個禮拜了，不知何時才會放晴。

Yǔ yǐjīng huālālā xià le yí ge lǐbài le, bùzhī héshí cái huì fàngqíng.

| 24 | 美妙 | 美妙 | měimiào | Vs | beautiful / wonderful / splendid |

▷ 例：我很喜歡背一些美妙的詩句，對寫作很有幫助。

Wǒ hěn xǐhuān bèi yìxiē měimiào de shījù, duì xiězuò hěn yǒu bāngzhù.

| 25 | 荷花 | 荷花 | héhuā | N | lotus |

▷ 例：你知道荷花跟蓮花* 有什麼不一樣嗎？

Nǐ zhīdào héhuā gēn liánhuā yǒu shénme bù yíyàng ma?

*蓮花（liánhuā）：lotus flower / water-lily

| 26 | 葉子 | 叶子 | yèzi | N | leaf |

▶ 例：我們喝茶，就是把茶樹的葉子摘下來泡水喝。

Wǒmen hē chá, jiùshì bǎ cháshù de yèzi zhāixiàlái pào shuǐ hē.

| 27 | 尾巴 | 尾巴 | wěiba | N | tail |

▶ 例：那隻貓很愛咬自己的尾巴，是不是有什麼問題？

Nà zhī māo hěn ài yǎo zìjǐ de wěibā, shìbúshì yǒu shénme wèntí?

| 28 | 偶爾 | 偶尔 | ǒu'ěr | adv | occasionally / once in a while / sometimes |

▶ 例：我平常都自己做飯，偶爾才去一次餐廳。

Wǒ píngcháng dōu zìjǐ zuòfàn, ǒu'ěr cái qù yí cì cāntīng.

| 29 | 微風 | 微风 | wéifēng | N | breeze / light wind |

▶ 例：傍晚*在河邊騎腳踏車，一陣陣微風吹過，特別舒服愉快！

Bāngwǎn zài hébiān qí jiǎotàchē, yízhènzhèn wéifēng chuīguò, tèbié shūfú yúkuài!

*傍晚（bāngwǎn）：evening (sunset)

| 30 | 沙沙 | 沙沙 | shāshā | IE | rustle |

▶ 例：我聽見外面有奇怪的沙沙聲，開門一看，原來有一隻狗在抓我們家的牆。

Wǒ tīngjiàn wàimiàn yǒu qíguài de shāshā shēng, kāimén yíkàn, yuánlái yǒu yì zhī gǒu zài zhuā wǒmen jiā de qiáng.

| 31 | 遙遠 | 遥远 | yáoyuǎn | Vs | distant / remote |

▶ 例：對台灣人來說，非洲*是一個很遙遠的地方。

Duì Táiwān rén lái shuō, Fēizhōu shì yí ge hěn yáoyuǎn de dìfāng.

*非洲（Fēizhōu）：Africa

 句型

	句型 (正體)	句型 (簡体)	漢語拼音	英文解釋
1	既…… 又……	既…… 又……	jì…yòu…	not merely…, but…as well

★ 用法說明：

「既……又……」是前後兩個情況都有。

1. 「既」的後面一般接的是已經知道的事。

2. 「又」的後面是比前面已知的更重要一些或是新的訊息。

3. 跟「又……又……」很像，「又……又……」前後都一樣，但「既……又……」在「既」後面的，常是已經知道的，「又」後面常是更重要或是新的訊息。

例：這家餐廳的菜既好吃又便宜，所以總是客滿。
Zhè jiā cāntīng de cài jì hǎochī yòu piányí, suǒyǐ zǒngshì kèmǎn.

例：有的人不喜歡帶現金，因為覺得既麻煩又不安全。
Yǒude rén bù xǐhuān dài xiànjīn, yīnwèi juéde jì máfán yòu bù ānquán.

練習一：王美美＿＿＿＿＿＿＿＿＿＿＿＿＿＿＿，誰都願意跟她交朋友。

練習二：

A：你覺得這個手機怎麼樣？值得不值得買？

B：＿＿＿＿＿＿＿＿＿＿＿＿＿＿＿＿＿＿＿＿＿。

2	於是……	于是……	yúshì…	as a result / thus / consequently

★用法說明：

　　「於是」跟「所以」很像，但「於是」後面常常是結果或是結論；「所以」是有前面的「因為」，然後有後面的事發生。

▌例：早上我睡過頭了，坐公車來不及，於是就叫了計程車到學校來。
　　Zǎoshàng wǒ shuìguòtóu le, zuò gōngchē láibùjí, yúshì jiù jiào le jìchéngchē dào xuéxiào lái.

練習一：我不想每天都得開車去上班，_____。

練習二：

　　A：你為什麼把那個包包送給小明了？那是爸媽給你的生日禮物啊！

　　B：_____。

3	一 M 一 M ……	一 M 一 M ……	yī M yī M …	one at a time

★用法說明：

　　強調前面的先完成了，後面的再發生。要按照順序，一個好了，才有下一個。

▌例：張老闆正忙著把貨一箱一箱都搬上車。
　　Zhāng lǎobǎn zhèng mángzhe bǎ huò yìxiāng yìxiāng dōu bānshàng chē.

練習一：公車來了，排隊等車的人＿＿＿＿＿＿＿＿＿＿＿＿＿＿＿＿＿。

練習二：

　　A：這個蛋糕這麼小，你怎麼吃了十分鐘還沒吃完？

　　B：＿＿＿＿＿＿＿＿＿＿＿＿＿＿＿＿＿＿＿＿＿。

4　一 M 接著　一 M 接着　　yī M jiēzhe
　　一 M……　一 M……　　yī M...　　　　　one by one...

★用法說明：

　　　強調前面的先完成了，後面的就馬上又發生，中間沒有停下來的時間。

　　例：這次考試我準備得很好，一題接著一題回答，半小時就寫完了。
　　　　Zhè cì kǎoshì wǒ zhǔnbèi de hěn hǎo, yìtí jiēzhe yìtí huídá, bàn xiǎoshí jiù xiěwán le.

　　例：受到新冠肺炎的影響，那個觀光區裡的商店一家接著一家關了。
　　　　Shòudào Xīnguàn Fèiyán de yǐngxiǎng, nà ge guānguāngqū lǐ de shāngdiàn yìjiā jiēzhe yìjiā guān le.

練習一：學校前面那條路的車子很多，＿＿＿＿＿＿＿＿＿＿＿＿＿＿。

練習二：

　　A：上次介紹給你的電視劇，你看完了沒有？

　　B：＿＿＿＿＿＿＿＿＿＿＿＿＿＿＿＿＿＿＿＿＿。

 寫作時間

一、請參考範例一，想一想下面的圖都發生了些什麼？並且要想出
　　第四張圖的內容，然後擴寫出一個完整的故事。

　　◇字數：最少 300 字。

二、請參考範例二，擴寫李白〈靜夜思〉：

「床前明月光，疑是地上霜。舉頭望明月，低頭思故鄉。」
這首詩。

◇字數：最少 300 字。

 小叮嚀

1. 擴寫的時候，可以把短句變成長句，或是把一個句子，寫成很多個句子，字數雖然變多了，但是不可以改變文章本來的內容。

2. 擴寫的時候，重要的人、事情、時間、地點要更清楚地介紹、說明，而不是只把字數變多而已。

一起看影片！

第七課

_____

寫稿子

#7

組織：寫演講稿、寫故事

動動腦

一、什麼是組織？

1 「組織」：組（把相同或相近的放在一起）＋織（合在一起）。

A. 是一種寫作的方法。

B. 把相同或相近的合在一起，構成新的事物。

C. 把想寫的東西，都先一條一條寫下來。

D. 然後按照先後順序，寫出一篇內容完整的文章。

2 一般來說，華語寫作應分成四段。常用來組織文章的辦法是：「起」、「承」、「轉」、「合」。

第一段	第二段	第三段	第四段
起	承	轉	合
簡單地說明文章的主旨。	接著第一段詳細說明對主旨的想法。	從別的方面來說。	綜合第二、三段的意見，做出結論。

3 根據起承轉合來寫作的方法，可以有以下三種：

A. 第一段先寫出文章主旨，再在第二、三段或是更多段落裡詳細說明每種想法，最後一段是結論，再度強調文章的主旨。

B. 第一段先寫出文章主旨，第二段接著第一段，再更深更廣地說明主旨的意思，第三段從其他和主旨相關的方面來談論。第四段是結論，再度強調文章的主旨。

C. 第一段先寫出文章主旨，第二段也接著第一段說明主旨的意思，第三段從主旨的反面或是負面的角度討論。第四段是結論，再度強調文章的主旨。

	第一段	第二段	第三段	第四段
A	文章主旨	詳細說明每種想法		結論再度強調文章主旨
B	文章主旨	接著第一段，說明主旨	從其他和主旨相關的方面來談論	結論再度強調文章主旨
C	文章主旨	接著第一段，說明主旨	從主旨的反面或是負面的角度討論	結論再度強調文章主旨

4 如果內容沒有那麼多，第二、三段可以合在一起，整篇寫成三段，但是最好不要比三段還少。

5 「組織」故事時，要先知道故事發生的時間、地點、人物、原因、經過和結果，選出最重要的部分詳細描寫。

6 為什麼要練習「組織」？

- ☐ 練習把事情說清楚
- ☐ 練習整理重點
- ☐ 可以抄別人的文章
- ☐ 讓自己的文章更進步
- ☐ 讓文章寫得更清楚
- ☐ ＿＿＿＿＿＿＿＿＿＿＿＿＿＿＿

7 什麼時候用？

- ☐ 交作業的時候
- ☐ 要告訴別人事情的時候
- ☐ 剛開始練習寫作文的時候
- ☐ 作文已經寫得很好的時候
- ☐ 不知道作文該怎麼寫的時候
- ☐ ＿＿＿＿＿＿＿＿＿＿＿＿＿＿＿

筆記欄

8　應該怎麼做？

- ☐　先想想要寫些什麼？
- ☐　再想想哪些應該先寫？哪些應該後寫？
- ☐　把想寫的東西寫下來，按照順序排列好
- ☐　寫好後要檢查，改錯字、句子等等
- ☐　＿＿＿＿＿＿＿＿＿＿＿＿＿＿＿＿＿＿＿＿＿＿＿＿
- ☐　＿＿＿＿＿＿＿＿＿＿＿＿＿＿＿＿＿＿＿＿＿＿＿＿
- ☐　＿＿＿＿＿＿＿＿＿＿＿＿＿＿＿＿＿＿＿＿＿＿＿＿

9　寫的時候應該注意什麼？

- ☐　寫人、事或景色的時候，要有順序
- ☐　可以想到什麼，就寫什麼，不必先安排
- ☐　組織、排列的時候，可以有很多種方法
- ☐　想到最好的組合方式時，再把它寫下來

二、什麼是演講稿？

1

「演講稿」：演講（在正式的場合對大家說明自己的想法或意見）＋稿（還沒完成或是已經完成的文章）。

A. 就是上台演講前，事先準備好要講什麼的文章。

B. 因為是對人說話的內容，所以要寫得像跟別人說話一樣。

C. 開始要有問候語，最後要有禮貌性的結束語。

2 通常會有以下的重點：

演講前
- 聽你說話的人是誰？
- 他們想聽什麼？
- 你想說什麼？
- 想一個最適合說的話，然後想一個吸引人的開始，引起聽眾的注意。

演講時
- 內容要有重點。
- 表達時要簡單、清楚。
- 可以加入有趣的小故事。
- 也可以和聽眾有些互動，讓大家一直注意你。

演講最後
- 把說過的做個結論。
- 然後說些感謝大家的話。

其他
- 上臺前多練習。
- 可以的話，先說給朋友聽聽，請別人給你一些建議。

三、什麼是故事？

1 「故事」：故（過去的、以前的）＋事（事情）。

A. 可以是大家傳說的事。

B. 或是因為想要表達一種想法或意見，自己想出來的一件好像已經發生過的事。

C. 也可以是發生在每個人身上的經過，把這些經過說給別人聽的時候，就是一段段故事。

2 故事有的是真的，有的是假的。把故事寫成一本給孩子看的書，就叫「故事書」。

筆記欄

四、再想一想

1 演講稿：

A. 為什麼要寫演講稿？
☐ 演講比賽或是說故事比賽的時候
☐ 上台報告給老師聽的時候
☐ 給老闆、上司報告工作的時候
☐ 事先準備好，上台說話就不那麼緊張
☐ 事先準備好，別人才容易清楚地了解演講者想表達什麼
☐ _____

B. 什麼時候會用到？
☐ 要上台報告的時候
☐ 演講的時候
☐ 要計畫事情的時候
☐ 要跟別人說一件小事的時候
☐ _____

C. 寫演講稿的時候應該注意什麼？
☐ 不是真的也可以寫
☐ 可以自己用手寫
☐ 可以用電腦打字
☐ 隨便寫沒關係
☐ 寫錯字沒關係
☐ _____

D. 寫演講稿是很正式的嗎？
☐ 是
☐ 不是

2 故事：

A. 為什麼要寫故事？
- ☐ 參加比賽
- ☐ 上台報告給老師聽
- ☐ 給老闆、上司報告工作
- ☐ 想表達自己的意見，又不想直接說
- ☐ 讓聽的人想一想說故事的人要表達什麼
- ☐ _____

B. 什麼時候會用到？
- ☐ 上台報告的時候
- ☐ 演講的時候
- ☐ 要計畫事情的時候
- ☐ 跟別人說自己的想法的時候
- ☐ _____

C. 寫故事的時候應該注意什麼？
- ☐ 不是真的也可以寫
- ☐ 可以自己用手寫
- ☐ 可以用電腦打字
- ☐ 隨便寫沒關係
- ☐ 寫錯字沒關係
- ☐ _____

D. 寫故事是很正式的嗎？
- ☐ 是
- ☐ 不是
- ☐ 不一定

一、請寫一篇演講比賽用的稿子：題目是「我的志願」。

1. 想一想：

A. 這個題目要談的是什麼？

_____

_____

B. 怎麼開頭？有沒有什麼故事、名言可以當例子？

_____

_____

C. 中間可以說什麼？有沒有什麼故事、名言可以當例子？

_____

_____

D. 最後要怎麼結束？

_____

_____

筆記欄

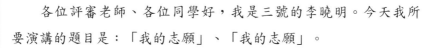

　　各位評審老師、各位同學好，我是三號的李曉明。今天我所要演講的題目是：「我的志願」、「我的志願」。

　　小時候，我就常常想像自己未來的樣子，未來的我會是什麼樣的人呢？是一位救人的醫生？是幫助人民的警察？還是教導學生的老師呢？

　　在那時候，父母告訴我，無論想做哪種工作，都要好好地念書，將來有一天才能成為理想中的自己。然而每個人的心裡都應該要有志願，如果沒有志願，人生就會變得沒有方向、目標，所以志願對我們來說非常重要。

　　我的志願是成為一名警察，為什麼呢？比如說：交通警察總是站在大太陽底下，或是淋著大雨，為人們指揮交通、保護人民。如果有壞人做壞事，他們也一定奮不顧身站在第一線對抗黑暗的勢力。他們幾乎沒有假期，逢年過節也常常沒有辦法和家人在一起度過，因為他們為了國家社會，只能放下個人的喜怒哀樂。他們的工作是這麼有意義，他們的精神是這麼讓人佩服，所以我的志願就是要成為一名保護國家和人民的警察，讓大家都能在安全的環境中，過得安心，並且快樂地生活著。

　　西方有句話說：「人是自己生命的建築師。」，又說：「命運是掌握在自己的手裡的。」，可見未來的我會是什麼樣子，完全看自己怎麼做、怎麼選擇。不過，我認為只要努力，相信我一定可以心想事成、實現願望。

　　我的演講到此結束，謝謝大家。

　　Gèwèi píngshěn lǎoshī, gèwèi tóngxué hǎo, wǒ shì sān hào de Lǐ Xiǎomíng. Jīntiān wǒ suǒ yào yǎnjiǎng de tímù shì: "Wǒ de zhìyuàn". "Wǒ de zhìyuàn".

　　Xiǎo shíhòu, wǒ jiù chángcháng xiǎngxiàng zìjǐ wèilái de yàngzi, wèilái de wǒ huì shì shénmeyàng de rén ne? Shì yí wèi jiù rén de yīshēng? Shì bāngzhù rénmín de jǐngchá? Háishì jiāodǎo xuéshēng de lǎoshī ne?

　　Zài nà shíhòu, fùmǔ gàosù wǒ, wúlùn xiǎng zuò nǎ zhǒng gōngzuò, dōu yào hǎohǎo de niànshū, jiānglái yǒuyìtiān cáinéng chéngwéi lǐxiǎng zhōng de zìjǐ. Rán'ér měi ge rén de xīnlǐ dōu yīnggāi yào yǒu zhìyuàn, rúguǒ méiyǒu zhìyuàn, rénshēng jiù huì biànde méiyǒu fāngxiàng, mùbiāo, suǒyǐ zhìyuàn duì wǒmen láishuō fēicháng zhòngyào.

　　Wǒ de zhìyuàn shì chéngwéi yì míng jǐngchá, wèishén ne? Bǐrúshuō: jiāotōng jǐngchá zǒngshì zhàn zài dà tàiyáng dǐxia, huòshì línzhe dàyǔ, wèi rénmen zhǐhuī jiāotōng, bǎohù rénmín. Rúguǒ yǒu huàirén zuò huàishì, tāmen yě yídìng fènbúgùshēn zhàn zài dì yī xiàn duìkàng hēi'àn de shìlì. Tāmen jīhū méiyǒu jiàqí, féngniánguòjié yě chángcháng méiyǒu bànfǎ hé jiārén zài yìqǐ dùguò, yīnwèi tāmen wèile guójiā shèhuì, zhǐ néng fàngxià gèrén de xǐ'nù'āilè. Tāmen de gōngzuò shì zhème yǒuyìyì, tāmen de jīngshén shì zhème ràng rén pèifú, suǒyǐ wǒ de zhìyuàn jiùshì yào chéngwéi yì míng bǎohù guójiā hé rénmín de jǐngchá, ràng dàjiā dōu néng zài ānquán de huánjìng zhōng, guò de ānxīn, bìngqiě kuàilè de shēnghuózhe.

　　Xīfāng yǒu jù huà shuō: "Rén shì zìjǐ shēngmìng de jiànzhú shī.", yòu shuō: "Mìngyùn shì zhǎngwò zài zìjǐ de shǒu lǐ de.", kějiàn wèilái de wǒ huì shì shénme yàngzi, wánquán kàn zìjǐ zěnme zuò, zěnme xuǎnzé. Búguò, wǒ rènwéi zhǐyào nǔlì, xiāngxìn wǒ yídìng kěyǐ xīnxiǎngshìchéng, shíxiàn yuànwàng.

　　Wǒ de yǎnjiǎng dào cǐ jiéshù, xièxie dàjiā.

　　A. 這是一篇關於什麼的演講稿？

　　　　_____

　　　　_____

　　B. 開頭說了什麼事？

　　　　_____

　　　　_____

　　C. 開始演講後的第一段說了什麼事？

　　　　_____

　　　　_____

　　D. 第二段呢？

　　　　_____

　　　　_____

　　E. 第三段說了什麼？

　　　　_____

　　　　_____

　　F. 第四段呢？

　　　　_____

　　　　_____

　　G. 最後是怎麼結束這段演講的？

　　　　_____

　　　　_____

二、寫故事：下面是沒有順序的圖片，請你自己想想該怎麼安排，
　　　　　然後寫出一篇完整的故事。

【　】　　　　　　　　【　】　　　　　　　　【　】

【　】　　　　　　　　【　】　　　　　　　　【　】

1. 想一想：

A. 你認為這是什麼故事？是什麼人或動物發生了什麼事？

_____

_____

B. 順序應該怎麼安排？請在圖片上寫上號碼。

C. 你覺得這個故事想告訴我們什麼？

_____

_____

D. 你還發現了什麼別的嗎？

_____

_____

E. 如果請你給它一個題目，你認為應該叫什麼？

_____

_____

2. 怎麼寫：

好心有好報

　　有一天，一群螞蟻一塊兒在森林裡尋找食物，但是在尋找食物時，突然下起雨來了。其中一隻螞蟻就這樣被大雨沖進了湖裡，因為不會游泳，所以牠努力尋找別的東西來保護自己。幸虧附近剛好有一片葉子，牠拼命游到了它旁邊，用力爬了上去，讓葉子變成了牠的一艘小船。然後牠就坐在這艘船上大聲尖叫著，希望可以引起注意，讓人來幫助牠。還好很快地就有一隻鳥聽見了，而且找到了螞蟻所在的地方，就立刻趕過來救了牠，牠們也因此成為了好朋友，一起在森林裡快樂地生活著。

　　然而有一天，一個獵人來到了森林裡，發現了那隻鳥，覺得喜歡，就準備要向鳥開槍。這時候螞蟻看到了，心想無論獵人多麼高大、牠多麼小、自己可能會多麼危險，都要幫助鳥朋友，以免牠被獵人殺害。於是螞蟻迅速爬上了獵人的身體，用力咬他的腿，一直咬、一直咬，不停地咬，獵人痛得不得了，馬上把槍放下，想用手拍打螞蟻，不過螞蟻早已經趁他把槍放下的時候，跟鳥一同溜走了。

　　所以這隻鳥非常感謝螞蟻的救命之恩，這件事也讓牠看到，螞蟻不只是好朋友，而且能在最需要彼此的時候互相幫助，誰也沒有拋棄誰，這才是真正的好朋友。牠多麼幸運，因為自己先幫助了螞蟻，才遇到了螞蟻這樣的好朋友，後來也救了自己的命。古人說：「好心有好報」，就是這個意思。

Hǎoxīn Yǒu Hǎobào

　　Yǒuyìtiān, yì qún mǎyǐ yíkuàr zài sēnlín lǐ xúnzhǎo shíwù, dànshì zài xúnzhǎo shíwù shí, túrán xiàqǐyǔlái le. Qízhōng yì zhī mǎyǐ jiùzhèyàng bèi dàyǔ chōngjìn le hú lǐ, yīnwèi búhuì yóuyǒng, suǒyǐ tā nǔlì xúnzhǎo biéde dōngxi lái bǎohù zìjǐ. Xìngkuī fùjìn gānghǎo yǒu yí piàn yèzi, tā pīnmìng yóudào le tā pángbiān, yònglì pá le shàngqù, ràng yèzi biànchéng le tā de yì sāo xiǎochuán. Ránhòu tā jiù zuò zài zhè sāo chuán shàng dàshēng jiānjiàozhe, xīwàng kěyǐ yǐnqǐ zhùyì, ràng rén lái bāngzhù tā. Háihǎo hěnkuài de jiù yǒu yì zhī niǎo tīngjiàn le, érqiě zhǎodào le mǎyǐ suǒ zài de dìfāng, jiù lìkè gǎnguòlái jiù le tā, tāmen yě yīncǐ chéngwéi le hǎo péngyǒu, yìqǐ zài sēnlín lǐ kuàilè de shēnghuózhe.

　　Rán'ér yǒuyìtiān, yí ge lièrén láidào le sēnlín lǐ, fāxiàn le nà zhī niǎo, juéde xǐhuān, jiù zhǔnbèi yào xiàng niǎo kāiqiāng. Zhè shíhòu mǎyǐ kàndào le, xīnxiǎng wúlùn lièrén duōme gāodà, tā duōme xiǎo, zìjǐ kěnéng huì duōme wéixiǎn, dōu yào bāngzhù niǎo péngyǒu, yǐmiǎn tā bèi lièrén shāhài. Yúshì mǎyǐ xùnsù páshàng le lièrén de shēntǐ, yònglì yǎo tā de tuǐ, yìzhí yǎo, yìzhí yǎo, bùtíng de yǎo, lièrén tòng de bùdéliǎo, mǎshàng bǎ qiāng fàngxià, xiǎng yòng shǒu pāidǎ mǎyǐ, búguò mǎyǐ zǎoyǐjīng chèn tā bǎ qiāng fàngxià de shíhòu, gēn niǎo yìtóng liūzǒu le.

　　Suǒyǐ zhè zhī niǎo fēicháng gǎnxiè mǎyǐ de jiùmìng zhī ēn, zhè jiàn shì yě ràng tā kàndào, mǎyǐ bùzhǐ shì hǎo péngyǒu, érqiě néng zài zuì xūyào bǐcǐ de shíhòu hùxiāng bāngzhù, shéi yě méiyǒu pāoqì shéi, zhè cái shì zhēnzhèng de hǎo péngyǒu. Tā duōme xìngyùn, yīnwèi zìjǐ xiān bāngzhù le mǎyǐ, cái yùdào le mǎyǐ zhèyàng de hǎo péngyǒu, hòulái yě jiù le zìjǐ de mìng. Gǔrén shuō: "Hǎoxīn yǒu hǎobào", jiùshì zhè ge yìsi.

A. 這個故事的順序是怎麼排的？請從圖片的左上到右下，寫上 1、
   2、3……的號碼。

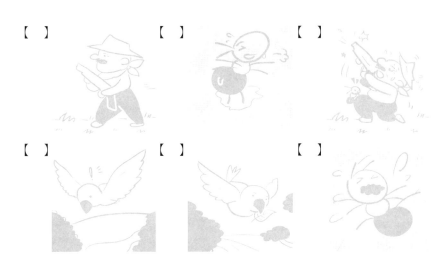

B. 主角有誰？

_____

_____

C. 發生了什麼事？

_____

_____

D. 結果怎麼樣了？

_____

_____

E. 你認為這個故事想告訴我們什麼？

_____

_____

F. 你覺得這個故事的圖片還可以怎麼排列，變成一個新故事？

【 】　　　　　【 】　　　　　【 】

【 】　　　　　【 】　　　　　【 】

筆記欄

 生詞

生詞 （正體）	生詞 （简体）	漢語拼音	詞性	英文解釋
1 稿	稿	gǎo	N	draft / manuscript

▶ 例：小明的志願是當一位名作家，以後靠寫稿、賺稿費生活。
　　Xiǎomíng de zhìyuàn shì dāng yí wèi míng zuòjiā, yǐhòu kào xiě gǎo, zhuàn gǎofèi shēnghuó.

| 2 組織 | 组织 | zǔzhī | V/N | to organize /
organization |

▶ 例：
A：請問您為什麼想要建立這個組織？
B：因為我想把關心流浪動物的人組織起來，一起為牠們做點事。
A：Qǐngwèn nín wèishénme xiǎngyào jiànlì zhè ge zǔzhī?
B：Yīnwèi wǒ xiǎng bǎ guānxīn liúlàng dòngwù de rén zǔzhī qǐlái, yìqǐ wèi tāmen zuò diǎn shì.

| 3 順序 | 顺序 | shùnxù | N | sequence / order |

▶ 例：做菜時放入食材的順序，也會影響菜的味道。
　　Zuò cài shí fàngrù shícái de shùnxù, yě huì yǐngxiǎng cài de wèidào.

4	構成	构成	gòuchéng	V	to constitute / to form / to compose / to make up

▶ 例：人的一生就是由許許多多的喜怒哀樂所構成的。
　　Rén de yìshēng jiùshì yóu xǔxǔduōduō de xǐ'nù'āilè suǒ gòuchéng de.

5	段落	段落	duànluò	N	phase / time interval / paragraph

▶ 例：一般來說，華語寫作分成四個段落，第二、三段的字數會比第一、四段的多。
　　Yìbān lái shuō, Huáyǔ xiězuò fēnchéng sì ge duànluò, dì èr, sān duàn de zìshù huì bǐ dì yī, sì duàn de duō.

6	再度	再度	zàidù	Adv	once more / once again / one more time

▶ 例：由於王市長做得很不錯，因此這次選舉又再度當選了。
　　Yóuyú Wáng shìzhǎng zuò de hěn búcuò, yīncǐ zhè cì xuǎnjǔ yòu zàidù dāngxuǎn le.

7	談論	谈论	tánlùn	V	to discuss / to talk about

▶ 例：你喜歡不喜歡跟朋友談論政治？
　　Nǐ xǐhuān bù xǐhuān gēn péngyǒu tánlùn zhèngzhì?

8	排列	排列	páiliè	V	arranged in order

▶ 例：小明的書桌很乾淨，桌上的東西也都從大到小排列得很整齊。
　　Xiǎomíng de shūzhuō hěn gānjìng, zhuōshàng de dōngxi yě dōu cóng dà dào xiǎo páiliè de hěn zhěngqí.

| 9 | 事先 | 事先 | shìxiān | Adv | in advance / before the event / beforehand / prior |

▷ 例：在台灣看牙醫最好事先預約，要不然很難掛到號。
Zài Táiwān kàn yáyī zuìhǎo shìxiān yùyuē, yàobùrán hěn nán guàdào hào.

| 10 | 場合 | 场合 | chǎnghé | N | situation / occasion |

▷ 例：在公共場合大聲說話或聽音樂、看影片是很不禮貌的。
Zài gōnggòng chǎnghé dàshēng shuōhuà huò tīng yīnyuè, kàn yǐngpiàn shì hěn bù lǐmào de.

| 11 | 志願 | 志愿 | zhìyuàn | N | aspiration / ambition |

▷ 例：小明順利考上了第一志願，進入了最好的大學念書。
Xiǎomíng shùnlì kǎoshàng le dì yī zhìyuàn, jìnrù le zuì hǎo de dàxué niànshū.

| 12 | 評審 | 评委 | píngshěn / píngwěi | N | judge |

▷ 例：這次的歌唱比賽，聽說學校請了一位明星來當評審。
Zhè cì de gēchàng bǐsài, tīngshuō xuéxiào qǐng le yí wèi míngxīng lái dāng píngshěn.

| 13 | 教導 | 教导 | jiàodǎo | V | to instruct / to teach |

▷ 例：你認為一位好老師應該只教書，還是也要教導學生怎麼做事做人？
Nǐ rènwéi yí wèi hǎo lǎoshī yīnggāi zhǐ jiāoshū, háishì yě yào jiàodǎo xuéshēng zěnme zuòshì zuòrén?

| 14 | 成為 | 成为 | chéngwéi | V | to become / to turn into |

▶ 例：自從有了網路以後，手寫的信或卡片幾乎快要成為過去。

Zìcóng yǒu le wǎnglù yǐhòu, shǒuxiě de xìn huò kǎpiàn jīhū kuàiyào chéngwéi guòqù.

| 15 | 指揮 | 指挥 | zhǐhuī | V | to conduct / to command / to direct |

▶ 例：要打贏比賽，就要聽教練的指揮，不可以自己想怎麼做就怎麼做。

Yào dǎyíng bǐsài, jiù yào tīng jiàoliàn de zhǐhuī, bù kěyǐ zìjǐ xiǎng zěnme zuò jiù zěnme zuò.

| 16 | 奮不顧身 | 奋不顾身 | fènbúgùshēn | IE | to push forward regardless of the consequences |

▶ 例：看到不會游泳的人掉進了水裡，我們應該奮不顧身跳下去救他嗎？

Kàndào búhuì yóuyǒng de rén diàojìn le shuǐ lǐ, wǒmen yīnggāi fènbúgùshēn tiào xiàqù jiù tā ma?

| 17 | 對抗 | 对抗 | duìkàng | V | to withstand / to resist / to stand off |

▶ 例：戴口罩、勤*洗手，是目前對抗新冠肺炎最好的方法。

Dài kǒuzhào, qín xǐshǒu, shì mùqián duìkàng Xīnguān Fèiyán zuì hǎo de fāngfǎ.

*勤（qín）：frequent

| 18 | 勢力 | 势力 | shìlì | N | power / influence |

▶ 例：這個黨＊在地方上的勢力太大，別的黨很難跟他們對抗。

Zhè ge dǎng zài dìfāng shàng de shìlì tài dà, biéde dǎng hěn nán gēn tāmen duìkàng.

＊黨（dǎng）：political party

| 19 | 幾乎 | 几乎 | jīhū | Adv | almost / nearly / practically |

▶ 例：小明在我們學校太有名了，幾乎沒有不認識他的人。

Xiǎomíng zài wǒmen xuéxiào tài yǒumíng le, jīhū méiyǒu bú rènshì tā de rén.

| 20 | 逢年過節 | 逢年过节 | féngniánguòjié | IE | at the Chinese New Year or other festivities |

▶ 例：每到逢年過節，大家都趕著回家，高速公路就大塞車。

Měi dào féngniánguòjié, dàjiā dōu gǎnzhe huíjiā, gāosù gōnglù jiù dà sāichē.

| 21 | 喜怒哀樂 | 喜怒哀乐 | xǐ'nù'āilè | IE | emotions |

▶ 例：這位演員演得真好，把主角內心的喜怒哀樂都清楚地表現出來了。

Zhè wèi yǎnyuán yǎn de zhēn hǎo, bǎ zhǔjiǎo nèixīn de xǐ'nù'āilè dōu qīngchǔ de biǎoxiàn chūlái le.

| 22 | 佩服 | 佩服 | pèifú | Vst | to admire |

▶ 例：小明做什麼都又快又好，大家都很佩服他做事的能力。

Xiǎomíng zuò shénme dōu yòu kuài yòu hǎo, dàjiā dōu hěn pèifú tā zuòshì de nénglì.

23	掌握	掌握	zhǎngwò	V	to control / to seize

▶ 例：很多人認為掌握好中文能力，會對工作很有幫助。

Hěnduō rén rènwéi zhǎngwò hǎo Zhōngwén nénglì, huì duì gōngzuò hěn yǒu bāngzhù.

24	可見	可见	kějiàn	Conj	it can clearly be seen / it is clear

▶ 例：小明無論多忙，都會傳訊息跟小美聊聊天，可見他真的很喜歡她。

Xiǎomíng wúlùn duōmáng, dōu huì chuán xùnxí gēn Xiǎoměi liáoliáotiān, kějiàn tā zhēnde hěn xǐhuān tā.

25	此	此	cǐ	Det	this / these

▶ 例：

A：這裡的風景太美了！

B：此時此刻，我們應該一起照張相，紀念到此一遊 *。

A：Zhèlǐ de fēngjǐng tài měi le!

B：Cǐshí cǐkè, wǒmen yīnggāi yìqǐ zhào zhāng xiàng, jìniàn dào cǐ yìyóu.

* 到此一遊（dào cǐ yìyóu）：...was here / have visited this place

26	開頭	开头	kāitóu	N	beginning

▶ 例：這部電影一開頭就很無聊，我看了十分鐘就睡著了。

Zhè bù diànyǐng yìkāitóu jiù hěn wúliáo, wǒ kàn le shí fēnzhōng jiù shuìzháo le.

| 27 | 好心有好報 | 好心有好报 | hǎoxīn yǒu hǎobào | IE | good karma |

▶ 例：「好心有好報」也可以說「善*¹有善報」，相反地，就是「惡*²有惡報」。

"Hǎoxīn yǒu hǎobào" yě kěyǐ shuō "Shàn yǒu shànbào", xiāngfǎn de, jiùshì "È yǒu èbào".

*¹ 善（shàn）：good (virtuous) / benevolent / well-disposed
*² 惡（è）：evil / vicious

| 28 | 螞蟻 | 蚂蚁 | mǎyǐ | N | ant |

▶ 例：中文有句話說：「急得像熱鍋上的螞蟻」，是用來形容人著急得不得了的樣子。

Zhōngwén yǒu jù huà shuō: "Jí de xiàng rè guō shàng de mǎyǐ.", shì yònglái xíngróng rén zhāojí de bùdéliǎo de yàngzi.

| 29 | 尋找 | 寻找 | xúnzhǎo | V | to seek / to look for |

▶ 例：因為沒在網上訂到旅館，我們只好一家一家問還有沒有房間，尋找今晚的住處。

Yīnwèi méi zài wǎngshàng dìngdào lǚguǎn, wǒmen zhǐhǎo yìjiā yìjiā wèn hái yǒuméiyǒu fángjiān, xúnzhǎo jīnwǎn de zhùchù.

| 30 | 拼命 | 拼命 | pīnmìng | Vs | give it all one has got to do something |

▶ 例：小明被狗追的時候拼命往前跑，才沒被咬到。

Xiǎomíng bèi gǒu zhuī de shíhòu pīnmìng wǎng qián pǎo, cái méi bèi yǎodào.

31	以免	以免	yǐmiǎn	Conj	in order to avoid / so as not to

▶ 例：我們明天應該早點出門，以免碰上塞車。
　　Wǒmen míngtiān yīnggāi zǎodiǎn chūmén, yǐmiǎn pèngshàng sāichē.

32	殺害	杀害	shāhài	V	to murder / to kill

▶ 例：在台灣，殺害父母是重罪。
　　Zài Táiwān, shāhài fùmǔ shì zhòng zuì.

33	救命之恩	救命之恩	jiùmìng zhī ēn	IE	to repay someone for life-saving help

▶ 例：為了感謝小明的救命之恩，老闆把自己的一棟房子送給了他。
　　Wèile gǎnxiè Xiǎomíng de jiùmìng zhī ēn, lǎobǎn bǎ zìjǐ de yí dòng fángzi sònggěi le tā.

34	彼此	彼此	bǐcǐ	N	each other / one another

▶ 例：我想搬到小明的對面住，可以彼此照顧。
　　Wǒ xiǎng bāndào Xiǎomíng de duìmiàn zhù, kěyǐ bǐcǐ zhàogù.

35	拋棄	抛弃	pāoqì	V	to abandon

▶ 例：王先生為了別的女人拋棄了太太和小孩，大家都罵他。
　　Wáng xiānshēng wèile biéde nǚrén pāoqì le tàitai hé xiǎohái, dàjiā dōu mà tā.

句型 (正體)	句型 (簡體)	漢語拼音	英文解釋
1	NP 所 V 的 (O)……	NP 所 V 的 (O)……	NP suǒ V de (O)…	Not necessarily to be used in a sentence, but it performs the same grammatical function as a noun with its modifiers that distinguish it which makes the sentence to become formal and complete

★ 用法說明：

　　「所」在句子裡有沒有都可以。

1. 用了「所」，就變得比較正式，或是在書面上比較常用。

2. 「所」強調的是「所」後面的情況，是從「所」前面的人事物來的。

　例：這支手機的功能跟我所想的不太一樣，還有沒有別的？
　　　Zhè zhī shǒujī de gōngnéng gēn wǒ suǒ xiǎng de bútài yíyàng, hái yǒuméiyǒu biéde?

　例：你現在過的生活，是你所希望的嗎？
　　　Nǐ xiànzài guò de shēnghuó, shì nǐ suǒ xīwàng de ma?

練習一：＿＿＿＿＿＿＿＿＿＿＿＿＿＿＿＿，在中國叫「西紅柿*」。

* 西紅柿（xīhóngshì）：tomato

練習二：

A：小王為什麼忽然就離開公司了？你知道嗎？

B：＿＿＿＿＿＿＿＿＿＿＿＿＿＿＿＿＿＿。

| 2 | 無論……
都…… | 无论……
都…… | wúlùn…
dōu… | regardless of what…/
no matter… |

★用法說明：

「無論」也有人用「不論」、「不管」。

1. 「無論」後面的情況怎麼發生都可以，然後一定會有「都」後面的新情況發生。

2. 「無論」的後面一定要接一個問題，或是兩個相對的 SV。
比如說：「無論幾點」、「無論貴不貴」、「無論大小」。

▌例：無論媽媽做什麼菜，爸爸都愛吃。
Wúlùn māma zuò shénme cài, bàba dōu ài chī.

▌例：為了對抗新冠肺炎，無論喜歡不喜歡，出門都得戴上口罩。
Wèile duìkàng Xīnguān Fèiyán, wúlùn xǐhuān bù xǐhuān, chūmén dōu děi dàishàng kǒuzhào.

練習一：＿＿＿＿＿＿＿＿＿＿＿＿＿＿＿＿，都不可以做壞事。

練習二：

A：你願意跟沒錢的人交朋友嗎？

B：＿＿＿＿＿＿＿＿＿＿＿＿＿＿＿＿＿＿。

3　然而……　　然而……　　rán'ér...　　however
　　　　　　　　　　　　　　　　　　　　（a turn of events）

★用法說明：

「然而」強調後面有一個新轉變。

1.「然」的意思是「已經是這樣」。

2.「而」的後面是新轉變。

3.意思就是雖然已知前面的情況，但還是有後面新的情況發生。

例：小時候都希望快點長大，然而長大以後又覺得小時候才是最快樂的。

Xiǎo shíhòu dōu xīwàng kuàidiǎn zhǎngdà, rán'ér

zhǎngdà yǐhòu yòu juéde xiǎo shíhòu cái shì zuì kuàilè de.

例：今天天氣真好，適合出去走走，然而我卻只能在家寫功課。

Jīntiān tiānqì zhēn hǎo, shìhé chūqù zǒuzǒu, rán'ér wǒ què

zhǐ néng zàijiā xiě gōngkè.

練習一：本來大家都利用暑假出去玩，＿＿＿＿＿＿＿＿＿＿＿＿。

練習二：

A：過年大家都高高興興的，你怎麼不開心呢？

B：＿＿＿＿＿＿＿＿＿＿＿＿＿＿＿＿＿＿＿。

| 4 | 不過…… | 不过…… | búguò… | however（often linked to positive events） |

★用法說明：

　　「不過」是「可是」的意思，後面常接的是比較好的結果，或是強調問題不大。

　例：雖然我不喜歡這個顏色，不過穿起來也很好看，還是買吧！

　　Suīrán wǒ bù xǐhuān zhè ge yánsè, búguò chuānqǐlái yě hěn hǎokàn, háishì mǎi ba!

　例：這件事很麻煩，不過有你幫我，應該沒問題。

　　Zhè jiàn shì hěn máfán, búguò yǒu nǐ bāng wǒ, yīnggāi méi wèntí.

練習一：中文不好學，＿＿＿＿＿＿＿＿＿＿＿＿＿＿＿＿。

練習二：

　　A：聽說小美很難追，你覺得小明能變成她的男朋友嗎？

　　B：＿＿＿＿＿＿＿＿＿＿＿＿＿＿＿＿＿＿。

筆記欄

寫作時間

一、請參考範例一,寫一篇演講稿,題目是「我最難忘的一件事」。

二、請參考範例二，重新組織出一篇新的故事。

小叮嚀

1. 寫稿時，可把每一段大概要寫的內容先簡單地寫下來，順序都確定後，再開始寫文章，不然整篇文章會很亂。

2. 排列順序或是組織文章時，可能有很多方式，可以都排列看看，最後再決定用哪一種。

3. 寫故事時，除了要說的事情以外，適當地加上風景、人物、東西、感受或情感，讓故事變得更生動會更好。

一起看影片！

第八課

寫介紹

#8

觀察：寫人物、寫景物

一、什麼是觀察？

1 「觀察」：觀（看）＋察（仔細看）。

A. 是一種寫作前的訓練。

B. 需仔細察看人事物的活動或反應。

C. 多多觀察身邊的人、事、物，可以讓文章在說明、介紹的時候更生動，內容也可以寫得更長、更豐富。

2 關於人物：

A. 「人物」是指人或角色。

B. 觀察人的時候，通常先觀察他的外表、特色，再觀察他的個性、脾氣；說過的話、做過的事，以及最特別的地方。

C. 然而寫作的時候，也是從外表寫到內在，特別的地方可以加強描寫。

3 關於景物：

A. 「景物」是指風景或物件。

B. 觀察景物的時候，可以從上到下（或下到上）、遠到近（或近到遠）、高到低（或低到高）、左到右（或右到左）察看。

C. 然而寫作的時候，就要有順序地介紹，不可以跳來跳去，比如說一會兒談上下，一會兒又談遠近。特別的地方也應加強描寫。

4　為什麼要練習觀察？

- ☐ 更深地認識很多事物
- ☐ 提高自己的注意力
- ☐ 幫助我們把文章寫得更好
- ☐ 對人際關係有幫助
- ☐ 對把工作做得更好有幫助
- ☐ _____

5　什麼時候用？

- ☐ 交學校作業的時候
- ☐ 要告訴別人事情的時候
- ☐ 剛開始練習寫作文的時候
- ☐ 作文已經寫得很好的時候
- ☐ 不知道作文該怎麼寫的時候
- ☐ 想更深地了解人、事、物的時候
- ☐ _____

筆記欄

6 應該怎麼做？

☐ 仔細察看人事物的樣子、表情和動作
☐ 仔細聽人事物的話語和聲音
☐ 把觀察的內容寫下來，按照順序排列好
☐ 寫好後要檢查，改錯字、句子等等
☐ _____
☐ _____
☐ _____

7 寫的時候應該注意什麼？

☐ 寫人、事或景色的時候不可以沒有順序
☐ 觀察後的結果可以加上自己的想法
☐ 每一個人的觀察結果可能會不一樣
☐ 觀察的結果不一定是對的
☐ _____

二、什麼是寫人物？

1 就是要寫出這個人物的特點，讓他好像就出現在我們眼前一樣。

2 通常會有以下的重點：

A. 外表：他的樣子怎麼樣？穿什麼衣服？他的表情如何？他是怎麼說話的？有哪些動作？

B. 內在：他的個性怎麼樣？是怎麼跟別人相處的？有什麼特點？你覺得他是一個什麼樣的人？

三、什麼是寫景物？

1 就是把看到的、聽到的、聞到的、摸到的、感受到的景或物寫下來。

A. 任何風景或物件，通過觀察，都可以試著描寫。

B. 把它變成有特色的、讓人印象深刻的景物，然後寫成一篇有意思的文章。

2 通常會有以下的重點：

A. 找出你要描寫的景物，按照前面所提到的觀察順序排列。

B. 也可以按照時間或季節的變換寫景色，每個時間的景色都是不同的。

C. 描寫景物的時候，可以加上自己的感情、發生了什麼特別的事？可以讓景物更生動。

四、再想一想：爲什麼要寫人物、景物？

☐ 參加演講比
賽或是說故
事比賽

☐ 要上台報告
給老師聽

☐ 想說些什麼
或寫些什麼
讓別人知道

☐ 跟老闆、上
司報告工作
的時候

☐ 自己對人物、
景物有感想，
想記錄下來

☐ _____
_____
_____
_____

1 什麼時候用？

☐ 要上台報告
☐ 要演講
☐ 要計劃事情
☐ 要跟別人說事情
☐ _____

2　寫人物、景物的時候應該注意什麼？

- ☐　不是真的也可以寫
- ☐　仔細觀察過的再寫
- ☐　不必要的也可以寫
- ☐　可以自己用手寫
- ☐　可以用電腦打字
- ☐　隨便寫沒關係
- ☐　寫錯字沒關係
- ☐　_____
- ☐　_____

3　寫人物、景物是很正式的嗎？

- ☐　是
- ☐　不是
- ☐　不一定

筆記欄

動動手

一、請寫一篇描寫人物的文章。

1.想一想：

A. 想要寫的是什麼人？他的外表是怎麼樣的？他的表情和樣子
呢？他常常怎麼說話？常有哪些習慣的動作？

_____

_____

_____

B. 他的個性怎麼樣？他常怎麼跟別人相處？

_____

_____

_____

C. 他有什麼特點，讓你想把他記錄下來？

_____

_____

_____

D. 別人都怎麼說他呢？你覺得他是怎麼樣的人？

_____

_____

_____

E. 你有什麼想對他說的話嗎？

_____

_____

_____

2.怎麼寫：

我的中文老師

　　我的中文老師姓張，是位男老師，他的身高很高，差不多有185公分，有點胖胖的，不過是很可愛的那種樣子。我從來都沒看過他穿皮鞋或球鞋，一次都沒有；無論天氣是冷還是熱，他一年到頭都只穿涼鞋。冬天寒流來的時候，我都替他感到冷。

　　他的個性很隨和，跟誰都相處得很愉快。下課時會用幽默的口氣跟同學開玩笑，但是上課的時候，有時又會表現出嚴肅的一面，讓我們看見他的專業和認真。他改作業時，非常嚴格，只要看到有超出格子或線的字，或是筆畫不對、寫得不確實，他就會用他的紅筆一個一個圈起來，再一個一個替我們改正，所以字醜的人就糟糕了，他的作業本上，一定特別「熱鬧」。

　　雖然我不太了解張老師的興趣是什麼，但是他在體育這方面的表現特別出色，尤其是籃球，他打籃球的時候，球總是一投就進，球技好得沒話說。再說到對我們，記得有一次，班上有幾個同學在教室玩的時候，小明一不小心，就把頭撞傷了，張老師就好像是看到他的孩子受傷一樣緊張，立刻把他帶到醫院去，一直等到確定小明都沒事了，才放下心來。由此可見，他有多麼關心學生，真的是一位好老師。

　　這就是我們的中文老師，每天除了教我們中文，還像我們的父親那樣照顧著我們的生活。不但幫我們把中文學好，而且無論有什麼困難，也一定都替我們想辦法解決。因此我想對老師說：「老師，謝謝您！」謝謝老師不只是我們的老師，還把我們當成家人、孩子，能跟老師學中文，是來台灣最幸運的事。

Wǒ de Zhōngwén Lǎoshī

Wǒ de Zhōngwén lǎoshī xìng Zhāng, shì wèi nán lǎoshī, tā de shēn'gāo hěn gāo, chàbùduō yǒu yì bǎi bāshí wǔ gōngfēn, yǒudiǎn pàngpàngde, búguò shì hěn kě'ài de nà zhǒng yàngzi. Wǒ cónglái dōu méi kànguò tā chuān píxié huò qiúxié, yí cì dōu méiyǒu; wúlùn tiānqì shì lěng háishì rè, tā yìniándàotóu dōu zhǐ chuān liángxié. Dōngtiān hánliú lái de shíhòu, wǒ dōu tì tā gǎndào lěng.

Tā de gèxìng hěn suíhé, gēn shéi dōu xiāngchǔ de hěn yúkuài. Xiàkè shí huì yòng yōumò de kǒuqì gēn tóngxué kāiwánxiào, dànshì shàngkè de shíhòu, yǒushí yòu huì biǎoxiànchū yánsù de yímiàn, ràng wǒmen kànjiàn tā de zhuānyè hé rènzhēn. Tā gǎi zuòyè shí, fēicháng yángé, zhǐyào kàndào yǒu chāochū gézi huò xiàn de zì, huòshì bǐhuà búduì, xiě de bú quèshí, tā jiù huì yòng tā de hóngbǐ yíge yíge quān qǐlái, zài yíge yíge tì wǒmen gǎizhèng, suǒyǐ zì chǒu de rén jiù zāogāo le, tā de zuòyèběn shàng, yídìng tèbié "rènào".

Suīrán wǒ bútài liǎojiě Zhāng lǎoshī de xìngqù shì shénme, dànshì tā zài tǐyù zhè fāngmiàn de biǎoxiàn tèbié chūsè, yóuqí shì lánqiú, tā dǎ lánqiú de shíhòu, qiú zǒngshì yì tóu jiù jìn, qiújì hǎo de méihuàshuō. Zài shuōdào duì wǒmen, jìdé yǒu yí cì, bānshàng yǒu jǐ ge tóngxué zài jiàoshì wán de shíhòu, Xiǎomíng yí bù xiǎoxīn, jiù bǎ tóu zhuàngshāng le, Zhāng lǎoshī jiù hǎoxiàng shì kàndào tā de háizi shòushāng yíyàng jǐnzhāng, lìkè bǎ tā dàidào yīyuàn qù, yìzhí děngdào quèdìng Xiǎomíng dōu méishì le, cái fàng xià xīn lái. Yóu cǐ kějiàn, tā yǒu duōme guānxīn xuéshēng, zhēnde shì yí wèi hǎo lǎoshī.

Zhè jiùshì wǒmen de Zhōngwén lǎoshī, měitiān chúle jiāo wǒmen Zhōngwén, hái xiàng wǒmen de fùqīn nàyàng zhàogùzhe wǒmen de shēnghuó. Búdàn bāng wǒmen bǎ Zhōngwén xuéhǎo, érqiě wúlùn yǒu shénme kùnnán, yě yídìng dōu tì wǒmen xiǎng bànfǎ jiějué. Yīncǐ wǒ xiǎng duì lǎoshī shuō: "Lǎoshī, xièxie nín!" Xièxie lǎoshī bù zhǐshì wǒmen de lǎoshī, hái bǎ wǒmen dāngchéng jiārén, háizi, néng gēn lǎoshī xué Zhōngwén, shì lái Táiwān zuì xìngyùn de shì.

A. 這篇文章裡寫的主角是誰？

_____

B. 他的外表是怎麼樣的？

_____

_____

C. 他的個性怎麼樣？

_____

_____

D. 他做什麼事做得很好？

_____

_____

E. 他的特點有哪些？

_____

_____

F. 作者想跟他說什麼？為什麼？

_____

_____

筆記欄

二、請觀察下面這張圖片中的景物，寫出一篇內容完整的文章。

1. 想一想：

A. 這張圖片裡有哪些景物？

_____

_____

B. 寫的時候，這些景物的順序應該怎麼安排？

_____

_____

_____

C. 看到這張圖片有什麼感覺？或是想到什麼？

_____

_____

_____

D. 經過觀察，這張圖片讓你有什麼感想？

_____

_____

_____

E. 可以給它什麼題目？

_____

_____

_____

筆記欄

2.怎麼寫：

十分大瀑布遊記

　　說到夏天，就想起去年暑假，我和朋友一起在台灣環島旅行。我們去了很多有趣的地方，不過是在北部的新北市，第一次遇見了風景美得沒話說的十分和十分大瀑布。

　　那天我們一大早就出發了，坐了差不多兩小時的車才到達目的地，沒想到會這麼遠。下了車以後，就沿著彎曲的道路一直往上爬。路的兩旁長著許多高大的老樹，把天空都遮住了一部分。沿路一邊吹著清涼的微風，一邊聽著樹枝上的各種各樣的鳥叫聲，聞著不知名的花朵散發出來的香味，讓我覺得舒服極了！心情也跟著特別輕鬆愉快，感覺坐了那麼久的車才到是很值得的。

　　走著走著，突然從遠遠的地方傳來一陣陣「轟隆隆」的聲音……，啊！是瀑布！於是我們加快了腳步，走到了瀑布觀景臺，寬度大約100多公尺、閃閃發光的十分大瀑布就在我們眼前！從高處流下來，撞到了瀑布下面的大石頭，原來轟隆隆的聲音就是這樣來的。然而飛舞起來的水花被太陽光照到了以後，變成了一道美麗的彩虹，真是太神奇了！瀑布底部是一個大湖，不知道有多深，顏色像玉一樣綠，水面上飄著一層淡淡的、白白的霧，看起來就好像是神仙住的地方一樣呢！

　　十分大瀑布就像一幅美麗的圖畫，由此可見大自然的巧奪天工，也讓我們非常喜歡這裡。雖然在交通方面沒有那麼便利，但是有機會一定還會再來拜訪。

Shífēn Dàpùbù Yóujì

Shuōdào xiàtiān, jiù xiǎngqǐ qùnián shǔjià, wǒ hé péngyǒu yìqǐ zài Táiwān huándǎo lǚxíng. Wǒmen qù le hěnduō yǒuqù de dìfāng, búguò shì zài běibù de Xīnběi Shì, dì yī cì yùjiàn le fēngjǐng měi de méihuàshuō de Shífēn hé Shífēn Dàpùbù.

Nàtiān wǒmen yídàzǎo jiù chūfā le, zuò le chàbùduō liǎng xiǎoshí de chē cái dàodá mùdìdì, méixiǎngdào huì zhème yuǎn. Xià le chē yǐhòu, jiù yánzhe wānqū de dàolù yìzhí wǎng shàng pá. Lù de liǎngpáng zhǎngzhe xǔduō gāodà de lǎo shù, bǎ tiānkōng dōu zhēzhù le yí bùfèn. Yánlù yìbiān chuīzhe qīngliáng de wéifēng, yìbiān tīngzhe shùzhī shàng de gèzhǒnggèyàng de niǎojiàoshēng, wénzhe bùzhīmíng de huāduǒ sànfā chūlái de xiāngwèi, ràng wǒ juéde shūfú jíle! Xīnqíng yě gēnzhe tèbié qīngsōng yúkuài, gǎnjué zuò le nàme jiǔ de chē cái dào shì hěn zhídé de.

Zǒuzhe zǒuzhe, túrán cóng yuǎnyuǎnde dìfāng chuánlái yízhènzhèn "hōnglónglóng" de shēngyīn…, a! shì pùbù! Yúshì wǒmen jiākuàile jiǎobù, zǒudào le pùbù guānjǐngtái, kuāndù dàyuē yì bǎi duō gōngchǐ, shǎnshǎnfāguāng de Shífēn Dàpùbù jiù zài wǒmen yǎnqián! Cóng gāochù liúxiàlái, zhuàngdào le pùbù xiàmiàn de dà shítou, yuánlái hōnglónglóng de shēngyīn jiùshì zhèyàng lái de. Rán'ér fēiwǔ qǐlái de shuǐhuā bèi tàiyángguāng zhàodào le yǐhòu, biànchéng le yí dào měilì de cǎihóng, zhēnshì tài shénqí le! Pùbù dǐbù shì yí ge dàhú, bùzhīdào yǒu duō shēn, yánsè xiàng yù yíyàng lǜ, shuǐmiàn shàng piāozhe yì céng dàndànde, báibáide wù, kànqǐlái jiù hǎoxiàng shì shénxiān zhù de dìfāng yíyàng ne!

Shífēn Dàpùbù jiù xiàng yì fú měilì de túhuà, yóu cǐ kějiàn dàzìrán de qiǎoduótiāngōng, yě ràng wǒmen fēicháng xǐhuān zhèlǐ. Suīrán zài jiāotōng fāngmiàn méiyǒu nàme biànlì, dànshì yǒu jīhuì yídìng hái huì zài lái bàifǎng.

3. 請從上面的文章，找出下面每個問題的部分：

A. 他們去了哪裡？是什麼時候去的？怎麼去的？

_____

_____

B. 他們到了目的地以後，看到、聽到了什麼？有什麼感覺？

_____

_____

C. 請說說十分大瀑布的樣子，你覺得最美的部分是哪裡？為什麼？

_____

_____

D. 這篇文章是一篇什麼樣的文章？寫作的順序是怎麼安排的？

_____

_____

E. 你認為這樣的順序好不好？你會怎麼安排呢？

_____

_____

_____

 生詞

生詞 (正體)	生詞 (简体)	漢語拼音	詞性	英文解釋
1 以及	以及	yǐjí	Conj	as well as / too / and

▶ 例：每到逢年過節，車站、機場以及碼頭* 就擠滿了要回家的人。
　　Měi dào féngniánguòjié, chēzhàn, jīchǎng yǐjí mǎtóu jiù jǐmǎn le
　　yào huíjiā de rén.
　　*碼頭（mǎtóu）：dock / pier / wharf

2 描寫	描写	miáoxiě	V	to describe / to depict / to portray

▶ 例：這部電影描寫的是第二次世界大戰* 時的生活。
　　Zhè bù diànyǐng miáoxiě de shì Dì èr Cì Shìjiè Dàzhàn shí de
　　shēnghuó.
　　*第二次世界大戰（Dì èr Cì Shìjiè Dàzhàn）：World war II

3 物件	物件	wùjiàn	N	object

▶ 例：那家商店裡有許多老物件，都是上個世紀留下來的東西。
　　Nà jiā shāngdiàn lǐ yǒu xǔduō lǎo wùjiàn, dōu shì shàng ge shìjì
　　liúxiàlái de dōngxi.

4 一年到頭	一年到头	yìniándàotóu	IE	all year round

▶ 例：他們公司為了提高營業額，一年到頭都辦活動吸引客人上門。
　　Tāmen gōngsī wèile tígāo yíngyè é, yìniándàotóu dōu bàn
　　huódòng xīyǐn kèrén shàngmén.

5	寒流	寒流	hánliú	N	cold stream

▶ 例：在台灣，一般來說，氣溫在 10 度以下就算是寒流來了。
　　Zài Táiwān, yìbān lái shuō, qìwēn zài shí dù yǐxià jiù suànshì hánliú láile.

6	隨和	隨和	suíhé	Vs	amiable / easy-going

▶ 例：隨和的人雖然常常什麼都說好，但不代表他們很隨便。
　　Suíhé de rén suīrán chángcháng shénme dōu shuō hǎo, dàn bú dàibiǎo tāmen hěn suíbiàn.

7	相處	相処	xiāngchǔ	V	to be in contact with / to associate with / to have dealings with

▶ 例：我室友很容易生氣，不太好相處，怎麼辦？
　　Wǒ shìyǒu hěn róngyì shēngqì, bútài hǎo xiāngchǔ, zěnmebàn?

8	愉快	愉快	yúkuài	Vs	cheerful / pleasant

▶ 例：我們是好朋友，你有什麼不愉快的事，都可以跟我說說。
　　Wǒmen shì hǎo péngyǒu, nǐ yǒu shénme bù yúkuài de shì, dōu kěyǐ gēn wǒ shuōshuō.

9	幽默	幽默	yōumò	Vs-sep	humor / humorous

▶ 例：小美很幽默，跟她談話總是很愉快。
　　Xiǎoměi hěn yōumò, gēn tā tánhuà zǒngshì hěn yúkuài.

| 10 | 口氣 | 口气 | kǒuqì | N | tone of voice / the way one speaks / manner of expression |

▶ 例：小明說話的口氣很像他爸爸，可是他今年才 18 歲。
　　Xiǎomíng shuōhuà de kǒuqì hěn xiàng tā bàba, kěshì tā jīnnián cái shíbā suì.

| 11 | 嚴肅 | 严肃 | yánsù | Vs | solemn / serious |

▶ 例：平常看起來很嚴肅的人，就一定沒有幽默感嗎？
　　Píngcháng kàn qǐlái hěn yánsù de rén, jiù yídìng méiyǒu yōumò gǎn ma?

| 12 | 改正 | 改正 | gǎizhèng | V | to correct / to amend / to put right |

▶ 例：發現有錯就要立刻改正，不要怕被別人笑。
　　Fāxiàn yǒu cuò jiù yào lìkè gǎizhèng, búyào pà bèi biérén xiào.

| 13 | 糟糕 | 糟糕 | zāogāo | Vs | too bad / how terrible / what bad luck |

▶ 例：我忘了帶鑰匙了！真糟糕！
　　Wǒ wàngle dài yàoshi le! Zhēn zāogāo!

| 14 | 出色 | 出色 | chūsè | Vs | remarkable / outstanding |

▶ 例：小明在這次的比賽中表現得很出色，評審都很欣賞他。
　　Xiǎomíng zài zhè cì de bǐsài zhōng biǎoxiàn de hěn chūsè, píngshěn dōu hěn xīnshǎng tā.

15	撞	撞	zhuàng	V	to knock against / to bump into

▶ 例：糟糕！前面有一輛大車撞了一輛小車，過不去了。

　　Zāogāo! Qiánmiàn yǒu yí liàng dà chē zhuàng le yí liàng xiǎo chē, guòbúqù le.

16	瀑布	瀑布	pùbù	N	waterfall

▶ 例：世界上最大的瀑布在哪個國家？

　　Shìjiè shàng zuì dà de pùbù zài nǎ ge guójiā?

17	到達	到达	dàodá	V	to reach / to arrive

▶ 例：聽說寒流今天晚上會到達台灣，要多穿一點衣服。

　　Tīngshuō hánliú jīntiān wǎnshàng huì dàodá Táiwān, yào duō chuān yìdiǎn yīfú.

18	目的地	目的地	mùdìdì	N	destination

▶ 例：這次旅行，我們沒有目的地，走到哪裡就玩到哪裡。

　　Zhè cì lǚxíng, wǒmen méiyǒu mùdìdì, zǒudào nǎlǐ jiù wándào nǎlǐ.

19	沿	沿	yán	Prep	along / to follow

▶ 例：下了公車，沿河邊走去，就會看見那座瀑布了。

　　Xià le gōngchē, yán hébiān zǒu qù, jiù huì kànjiàn nà zuò pùbù le.

20	彎曲	弯曲	wānqū	Vi	to bend

▶ 例：他得了一種奇怪的病，身體不能彎曲。

　　Tā dé le yì zhǒng qíguài de bìng, shēntǐ bùnéng wānqū.

21	遮	遮	zhē	V	to cover

▶ 例：下雨了，我沒帶傘，只好先用書遮一下了。

　　Xiàyǔ le, wǒ méi dài sǎn, zhǐhǎo xiān yòng shū zhē yíxià le.

22　　花朵　　　花朵　　　　huāduǒ　　　N　　　　flower

▷　例：花園裡一開出五顏六色*的花朵，就知道春天來了。

　　　Huāyuán lǐ yì kāichū wǔyánliùsè de huāduǒ, jiù zhīdào chūntiān láile.

　　　*五顏六色（wǔyánliùsè）：(idiom) multi-colored / colorful

23　　散發　　　散发　　　　sànfā　　　　Vi　　　　to distribute / to emit

▷　例：小美臉上常散發著迷人的自信，難怪那麼多男生喜歡她。

　　　Xiǎoměi liǎnshàng cháng sànfāzhe mírén de zìxìn, nánguài nàme duō nánshēng xǐhuān tā.

24　　轟隆隆　　　轰隆隆　　　hōnglónglóng　　IE　　　(onom.) rumbling

▷　例：窗外雷*聲轟隆隆的，孩子怕得不得了。

　　　Chuāngwài léi shēng hōnglónglóng de, háizi pà de bùdéliǎo.

　　　*雷（léi）：thunder

25　　加快　　　加快　　　　jiākuài　　　Vst　　　to accelerate / to speed up

▷　例：老師說我的中文說得太慢了，應該加快速度。

　　　Lǎoshī shuō wǒ de Zhōngwén shuō de tài màn le, yīnggāi jiākuài sùdù.

26　　閃閃發光　閃閃发光　shǎnshǎnfāguāng　IE　flickering / sparkling /shining

▷　例：貓狗的眼睛在黑暗的地方會閃閃發光。

　　　Māo gǒu de yǎnjīng zài hēi'àn de dìfāng huì shǎnshǎnfāguāng.

27　　彩虹　　　彩虹　　　　cǎihóng　　　N　　　rainbow

▷　例：一道彩虹由七種顏色所構成。

　　　Yí dào cǎihóng yóu qī zhǒng yánsè suǒ gòuchéng.

| 28 | 神奇 | 神奇 | shénqí | Vs | magical / mystical / miraculous |

▶ 例：這隻狗好神奇，會自己打電話給家人！

　　Zhè zhī gǒu hǎo shénqí, huì zìjǐ dǎ diànhuà gěi jiārén!

| 29 | 飄 | 飘 | piāo | V | to float |

▶ 例：一陣微風吹過，樹上的葉子慢慢地飄了下來。

　　Yí zhèn wéifēng chuīguò, shùshàng de yèzi mànmànde piāo le xiàlái.

| 30 | 神仙 | 神仙 | shénxiān | N | spiritual being/ celestial being |

▶ 例：在中國古代的故事中，神仙都住在天上或是深山裡。

　　Zài Zhōngguó gǔdài de gùshì zhōng, shénxiān dōu zhù zài tiānshàng huòshì shēnshān lǐ.

| 31 | 巧奪天工 | 巧夺天工 | qiǎoduótiāngōng | IE | ingenious |

▶ 例：這座雕像＊巧奪天工，看起來就跟真的一樣。

　　Zhè zuò diāoxiàng qiǎoduótiāngōng, kànqǐlái jiù gēn zhēnde yíyàng.

　　＊雕像（diāoxiàng）：statue

| 32 | 拜訪 | 拜访 | bàifǎng | V | to visit / to call on |

▶ 例：小明去拜訪客戶了，不在公司裡。

　　Xiǎomíng qù bàifǎng kèhù le, búzài gōngsī lǐ.

 句型

	句型 （正體）	句型 （简体）	漢語拼音	英文解釋
1	（在）…… 方面	（在）…… 方面	(Zài)… fāngmiàn	regarding to

☆ 用法說明：

　　在討論到跟哪個範圍或人事物有關係的時候用。

　例：小明在說話方面已經進步了很多，可是寫字方面就還要
　　　多加油。
　　　Xiǎomíng zài shuōhuà fāngmiàn yǐjīng jìnbù le hěnduō,
　　　kěshì xiězì fāngmiàn jiù háiyào duō jiāyóu.

　例：因為他的身體不好，所以在吃東西這方面，一直都很小
　　　心。
　　　Yīnwèi tā de shēntǐ bùhǎo, suǒyǐ zài chī dōngxi zhè
　　　fāngmiàn, yìzhí dōu hěn xiǎoxīn.

練習一：＿＿＿＿＿＿＿＿＿＿＿＿＿＿＿＿＿＿，所以大學選了英文系。

練習二：

　　A：老闆為什麼讓小美去做那份工作？

　　B：＿＿＿＿＿＿＿＿＿＿＿＿＿＿＿＿＿＿＿。

| 2 | SV 得 /
到沒話說 | SV 得 /
到没话说 | SV de/dào
méihuàshuō | nothing more to be
said（often used in a
positive way） |

★用法說明：

　　強調 SV 的情況，已經高到沒什麼可以說的程度了，比較常用在好的事情的方面。

　例：我們從小一起長大，感情好到沒話說。
　　　Wǒmen cóngxiǎo yìqǐ zhǎngdà, gǎnqíng hǎo dào méihuàshuō.

　例：你做的菜好吃得沒話說，可以開餐廳了！
　　　Nǐ zuò de cài hǎochī de méihuàshuō, kěyǐ kāi cantīng le!

練習一：＿＿＿＿＿＿＿＿＿＿＿＿＿＿＿＿＿，所以我要買這本故事書。

練習二：

　A：她男朋友都對她那麼不好了，為什麼還不分手？

　B：＿＿＿＿＿＿＿＿＿＿＿＿＿＿＿＿＿。

| 3 | 說到…… | 说到…… | shuōdào… | talking of… |

★用法說明：

　　意思是說話的時候，開始說一件跟什麼有關係的事了。

　例：說到台北，就一定會想到台北 101。
　　　Shuōdào Táiběi, jiù yídìng huì xiǎngdào Táiběi 101.

　例：一說到她家人，她就哭。
　　　Yì shuōdào tā jiārén, tā jiù kū.

練習一：_____，最有名的就是小籠包和珍珠奶茶。

練習二：

A：本來好好的，他怎麼突然就生起氣來了？

B：_____。

| 4 | 由此可見…… | 由此可见…… | yóu cǐ kějiàn... | from this, it can be seen that... |

★用法說明：

在「由此可見」的前面，是一件已經發生的事。從那件事可以看到什麼結果或結論，就放在「由此可見」的後面說。

▎例：現代人不能沒有手機，由此可見，我們已經被手機控制住了。
Xiàndài rén bùnéng méiyǒu shǒujī, yóu cǐ kějiàn, wǒmen yǐjīng bèi shǒujī kòngzhìzhù le.

▎例：你不回家，她就不吃飯，你對她的重要性由此可見。
Nǐ bù huíjiā, tā jiù bù chīfàn, nǐ duì tā de zhòngyào xìng yóu cǐ kějiàn.

練習一：他才學了一個月的中文，就進步了很多，_____
_____。

練習二：

A：小美對我真好！每天都送我東西，讓我很不好意思。

B：_____。

 寫作時間

一、請參考範例一，寫一篇描寫人物的文章，題目是「我的好朋友」。

二、請參考範例二，寫一篇描寫景物的文章，題目是：
「我們國家最美的地方」。

1. 寫人物的時候：

    A. 要選特別的地方來寫，例如他的表情、說話樣子和重要的內容，寫出他的特色。

    B. 也可以寫別人對他的看法、想法，來說明他是怎麼樣的人。

2. 寫景物的時候：

    A. 也是要選特別的地方來寫，如果每一個景物都寫出來，會讓讀的人覺得太多、太無聊。

    B. 另外描寫景物的時候，要有靜的和動的景物，文章才會有變化。

    C. 順序是先靜後動或是先動後靜都可以，要看整篇文章的安排適合哪一種。

一起看影片！

第九課

寫標語

#9　　聯想：社團標語、廣告標語

一、什麼是聯想？

1 「聯想」：聯（連接、結合）＋想（想像、想到）。

A. 是一種寫作的訓練方法。

B. 就是通過 A 想像到 B 或是更多其他有關係的人事物或是想法。

C. 透過聯想，可以得到更多的寫作材料。

D. 也可以讓文章在寫的時候更生動、內容更豐富聯想。

2 使用「聯想」法時：

A. 可以從實際的東西想到抽象的東西。例如：

　　a. 從「棉花」的鬆軟、潔白聯想到「天使的翅膀」。

　　b. 從「筆」在紙上寫字的樣子，聯想到「舞動的音符」。

B. 或是兩種人事物，因為有相似的特質所以產生聯想。例如：

　　a. 從「桃花」想到「情人」。

　　b. 從「落葉」想到「衰老」。

3 為什麼要練習聯想？

- ☐ 讓自己多思考
- ☐ 讓自己多觀察
- ☐ 讓生活更有趣
- ☐ 讓文章寫得更好
- ☐ 對人與人的關係有幫助
- ☐ 對把工作做得更好有幫助
- ☐ _____

4 什麼時候用？

- ☐ 交作業的時候
- ☐ 要告訴別人事情的時候
- ☐ 需要發揮想像的時候
- ☐ 剛開始練習寫作文的時候
- ☐ 作文已經寫得很好的時候
- ☐ 不知道作文該怎麼寫的時候
- ☐ _____

5 應該怎麼做？

- ☐ 仔細觀察人事物：看、聽、聞、摸……
- ☐ 好好想想這些人事物跟什麼很像或是有關係
- ☐ 把聯想到的寫下來
- ☐ 寫好後要檢查，改錯字、句子什麼的
- ☐ _____
- ☐ _____

6 寫的時候應該注意什麼？

- ☐ 聯想到的應該跟原本的人事物有關係
- ☐ 聯想到的跟原本的人事物沒關係也可以
- ☐ 可以從很多方面聯想
- ☐ 聯想只是單方面的，不可以從很多方面來想像
- ☐ 聯想的結果沒有一定的對錯
- ☐ _____
- ☐ _____

二、什麼是標語？

1 「標語」：標（特別要大家注意的）＋語（話）。

A. 用簡單的話或是一個容易記住的句子，希望對一些特定的人起到宣傳或鼓勵作用，而達到某種目的或目標。

B. 例如交通安全的宣傳標語：「開車不喝酒，喝酒不開車」、「安全是回家唯一的路」。

C. 又例如鼓勵性的標語：「今天的努力，明天的實力」、「短暫辛苦，終身幸福」。

2　通常會有以下的重點：

A. 主題明確：想說什麼要清楚表達，讓人一看就明白。

B. 文字簡單：

　　a. 字數不要太多。

　　b. 如果有兩句，常用前後兩句的字數一樣，且兩兩相對的方式寫作。

C. 引起注意：讓人覺得有意思，留下深刻的印象。

D. 試著押韻：

　　a. 每句的最後一個字用一樣的韻母會更好。

　　b. 如果沒辦法都一樣，就盡量選用韻母相近的字來代替。

三、什麼是社團標語？什麼是廣告標語？

1　無論是「社團標語」還是「廣告標語」，都是用一句很簡單易懂，或是幾句容易記住的話，來達到替社團宣傳、為產品打廣告的目的，所寫出的口號。

2　通常會有以下的重點：

A. 要容易讀、容易聽、容易記、容易說，句子最好是有節奏的。

B. 可以把社團或產品的名稱加進標語裡。

C. 應表明活動或商品的好處或優點，吸引人來參加或購買。

四、再想一想

1 為什麼要寫標語？

- ☐ 想要吸引別人的注意
- ☐ 讓別人容易記住、留下印象
- ☐ 希望他們來參加活動或是買東西
- ☐ 鼓勵別人或自己，讓人有信心
- ☐ 達到宣傳或教育的目的
- ☐ 沒有為什麼，只是好玩
- ☐ _____

2 什麼時候用？

- ☐ 要上台報告
- ☐ 演講
- ☐ 宣傳活動、廣告
- ☐ 跟別人說事情
- ☐ 為人加油打氣
- ☐ _____

3　寫標語的時候應該注意什麼？

☐　內容要跟活動或產品有關
☐　鼓勵的話跟要鼓勵的人事沒關係也可以
☐　一定要押韻
☐　不是真的也可以寫
☐　可以自己用手寫
☐　可以用電腦打字
☐　隨便寫沒關係
☐　寫錯字沒關係
☐　＿＿＿＿＿＿＿＿＿＿＿＿＿＿＿＿＿＿＿＿＿＿＿
☐　＿＿＿＿＿＿＿＿＿＿＿＿＿＿＿＿＿＿＿＿＿＿＿

4　寫標語是很正式的嗎？

☐　是
☐　不是
☐　不一定

一、請寫一則社團活動的標語。

1. 想一想：

A. 要宣傳的是什麼社團？什麼活動？活動的目的是什麼？

_____

_____

B. 活動有什麼特色？有什麼吸引人的地方？大家為什麼應該來參加？

_____

_____

C. 內容要怎麼寫？用幾個字來表達比較好？怎麼樣好讀、好記、好聽？怎麼樣才能引人注意或讓人印象深刻？

_____

_____

D. 還有什麼想說的？活動時間是何時？地點在哪裡？參加對象有誰？可以說什麼歡迎詞？

_____

_____

_____

（烹飪社招生）

神廚一出手，
美味全上桌。
愛吃不如會做，
想學就快行動！

－烹飪社歡迎您的加入－

(Pēngrèn Shè Zhāoshēng)

Shénchú yì chūshǒu,
měiwèi quán shàng zhuō.
Ài chī bùrú huì zuò,
xiǎng xué jiù kuài xíngdòng!

－ Pēngrèn Shè huānyíng nín de jiārù －

3. 請從上面的文章，找出下面每個問題的部分：

A. 這是什麼社團？為什麼要做這個宣傳？

_____

_____

_____

B. 這個社團的特色是什麼？

_____

_____

_____

C. 這則標語一共有幾個字？你認為好讀、好記、好聽嗎？能不能
引起注意或讓人印象深刻呢？

_____

_____

_____

D. 你認為這則標語寫得好嗎？為什麼？

_____

_____

_____

E. 如果你覺得寫得不好，那麼可以怎麼改呢？

_____

_____

_____

二、請寫一則廣告商品的標語。

A. 要賣的是什麼產品？希望賣給哪些人？對象是什麼性別？什麼年紀？什麼時候用這項產品？

_____

_____

_____

_____

B. 產品有什麼特色？有什麼吸引人的地方？大家為什麼應該買？

_____

_____

_____

C. 內容要怎麼寫：用幾個字來表達比較好？怎麼樣好讀、好記、好聽？怎麼樣才能引人注意或讓人印象深刻？

_____

_____

_____

D. 還有什麼想說的？在哪裡買得到？這個產品多少錢？有沒有特賣活動？可以說什麼歡迎客人來購買的話？

_____

_____

_____

_____

2.怎麼寫：

範例二

美的，不只是你的髮

讓您從頭開始散發魅力與自信
讓男人從心動開始，一見鍾情
美的洗髮精

範例二拼音

Měide, bùzhǐ shì nǐ de fǎ

Ràng nín cóngtóu kāishǐ sànfà mèilì yǔ zìxìn

Ràng nánrén cóng xīndòng kāishǐ, yíjiànzhōngqíng

Měide Xǐfǎjīng

A. 這賣的是什麼商品？銷售對象是誰？

_____

_____

B. 這個產品有什麼特色？

_____

_____

C. 這則標語一共有幾個字？你認為好讀、好記、好聽嗎？能不能引起注意或讓人印象深刻呢？

_____

_____

D. 你認為這則標語寫得好嗎？會不會讓你想買？為什麼？

_____

_____

_____

_____

筆記欄

 生詞

	生詞 （正體）	生詞 （簡体）	漢語拼音	詞性	英文解釋
1	標語	标语	biāoyǔ	N	slogan

▶ 例：就快考大學了，老師在教室的牆上貼了一些標語鼓勵我們。
　　Jiù kuài kǎo dàxué le, lǎoshī zài jiàoshì de qiángshàng tiē le
　　yìxiē biāoyǔ gǔlì wǒmen.

	生詞（正體）	生詞（簡体）	漢語拼音	詞性	英文解釋
2	聯想	联想	liánxiǎng	V	to associate (cognitively) / to make an associative connection / mental association

▶ 例：一般來說，看到玫瑰*花就聯想到愛情。
　　Yìbān lái shuō, kàndào méiguī huā jiù liánxiǎngdào àiqíng.
　　*玫瑰（méiguī）：rose

	生詞（正體）	生詞（簡体）	漢語拼音	詞性	英文解釋
3	連接	连接	liánjiē	Vst	to link / to attach

▶ 例：1 號高速公路把台灣的北部和南部連接了起來。
　　Yī hào gāosù gōnglù bǎ Táiwān de běibù hé nánbù liánjiē le
　　qǐlái.

	生詞（正體）	生詞（簡体）	漢語拼音	詞性	英文解釋
4	抽象	抽象	chōuxiàng	Vs	abstract / abstraction

▶ 例：畢卡索*的畫太抽象了，很多人都看不懂。
　　Bìkǎsuǒ de huà tài chōuxiàng le, hěnduō rén dōu kànbùdǒng.
　　*畢卡索（Bìkǎsuǒ）：Picasso (TW)

5　　鬆軟　　　松软　　　sōngruǎn　　Vs　　　soft

例：這個麵包很鬆軟，很適合老人吃。

Zhè ge miànbāo hěn sōngruǎn, hěn shìhé lǎorén chī.

6　　潔白　　　洁白　　　jiébái　　　Vs　　spotlessly white /
　　　　　　　　　　　　　　　　　　　　　　pure white

例：說到北方國家的冬天，就會聯想起潔白的雪。

Shuōdào běifāng guójiā de dōngtiān, jiù huì liánxiǎngqǐ jiébái de xuě.

7　　舞動　　　舞动　　　wǔdòng　　　V　　　to dance

例：這首歌太好聽了，大家都跟著音樂舞動起身體來。

Zhè shǒu gē tài hǎotīng le, dàjiā dōu gēnzhe yīnyuè wǔdòng qǐ shēntǐ lái.

8　　桃花　　　桃花　　　táohuā　　　N　　peach blossom /
　　　　　　　　　　　　　　　　　　　　　　a romance

例：「桃花」本來是指桃子樹所開的花，但華人常說的「桃花」，是戀愛的對象。

"Táohuā" běnlái shì zhǐ táozi shù suǒ kāi de huā, dàn Huárén cháng shuō de "táohuā", shì liàn'ài de duìxiàng.

9　　落　　　　落　　　　luò　　　　V　　　to fall or drop

例：瀑布的水從高山上落下，非常壯觀 。

Pùbù de shuǐ cóng gāoshān shàng luòxià, fēicháng zhuàngguān.

| 10 | 衰老 | 衰老 | shuāilǎo | Vs | to age / to deteriorate with age / old and weak |

▶ 例：不愛運動的人，是不是比較容易衰老？

　　Bú ài yùndòng de rén, shìbúshì bǐjiào róngyì shuāilǎo?

| 11 | 宣傳 | 宣传 | xuānchuán | V | to promote |

▶ 例：在網路上宣傳我們的活動，是最快、最有效的辦法。

　　Zài wǎnglùshàng xuānchuán wǒmen de huódòng, shì zuì kuài, zuì yǒuxiào de bànfǎ.

| 12 | 某 | 某 | mǒu | Det | a certain someone / something / somewhere / sometime |

▶ 例：我覺得某年某月的某一天，好像在某個地方見過他。

　　Wǒ juéde mǒu nián mǒu yuè de mǒu yì tiān, hǎoxiàng zài mǒu ge dìfāng jiànguò tā.

| 13 | 唯一 | 唯一 | wéiyī | Vs | only / the only one |

▶ 例：小明是他家唯一的兒子，他有三個姐妹。

　　Xiǎomíng shì tā jiā wéiyī de érzi, tā yǒu sān ge jiěmèi.

| 14 | 實力 | 实力 | shílì | N | strength / ability |

▶ 例：小明能得到這份工作是因為他很有實力，不是因為有人幫他。

　　Xiǎomíng néng dédào zhè fèn gōngzuò shì yīnwèi tā hěn yǒu shílì, búshì yīnwèi yǒurén bāng tā.

| 15 | 短暫 | 短暂 | duǎnzhàn | Vs | of short duration |

例：人生很短暫，要好好把握時間。

Rénshēng hěn duǎnzhàn, yào hǎohǎo bǎwò shíjiān.

| 16 | 終身 | 终身 | zhōngshēn | N | lifelong / all one's life |

例：老師對我的好，我終身難忘。

Lǎoshī duì wǒ de hǎo, wǒ zhōngshēn nánwàng.

| 17 | 明確 | 明确 | míngquè | Vs | clear-cut / to specify |

例：小美很明確地告訴小明，她不會做他的女朋友，讓小明很難過。

Xiǎoměi hěn míngquè de gàosù Xiǎomíng, tā búhuì zuò tā de nǚ péngyǒu, ràng Xiǎomíng hěn nánguò.

| 18 | 押韻 | 押韵 | yāyùn | V-sep | to rhyme |

例：這首歌押的是「en」韻，所以最後一個字應該用「真」，用「假」就不押韻了。

Zhè shǒu gē yā de shì "en" yùn, suǒyǐ zuìhòu yí ge zì yīnggāi yòng "zhēn", yòng "jiǎ" jiù bù yāyùn le.

| 19 | 韻母 | 韵母 | yùnmǔ | N | vowel |

例：

A：發音所說的「聲母」跟「韻母」是什麼？
B：比如說「b, p, m, f」是聲母，「ai, ei, ao, ou」是韻母。
A：Fāyīn suǒ shuō de "shēngmǔ" gēn "yùnmǔ" shì shénme?
B：Bǐrúshuō "b, p, m, f" shì shēngmǔ, "ai, ei, ao, ou" shì yùnmǔ.

20	盡量	尽量	jìnliàng	Adv	as much as possible

▶ 例：明天會塞車，我們盡量早一點出門吧！

Míngtiān huì sāichē, wǒmen jìnliàng zǎoyìdiǎn chūmén ba!

21	口號	口号	kǒuhào	N	catchphrase

▶ 例：老闆要我們每天早上八點，先在公司門口喊一分鐘：「我愛工作」的口號，再開始上班。

Lǎobǎn yào wǒmen měitiān zǎoshàng bā diǎn, xiān zài gōngsī ménkǒu hǎn yì fēnzhōng: "Wǒ ài gōngzuò" de kǒuhào, zài kāishǐ shàngbān.

22	節奏	节奏	jiézòu	N	pace/ rhythm / tempo

▶ 例：在城市生活的節奏很快，大家都很忙。

Zài chéngshì shēnghuó de jiézòu hěn kuài, dàjiā dōu hěn máng.

23	表明	表明	biǎomíng	V	to make clear / to make known / to indicate

▶ 例：小美用比賽成績表明了她的實力。

Xiǎoměi yòng bǐsài chéngjī biǎomíng le tā de shílì.

24	招生	招生	zhāoshēng	V-sep	to enroll new students / to get students

▶ 例：因為現在的人不喜歡生小孩，所以很多學校都有招生的問題，招不到生就會關門。

Yīnwèi xiànzài de rén bù xǐhuān shēng xiǎohái, suǒyǐ hěnduō xuéxiào dōu yǒu zhāoshēng de wèntí, zhāobúdào shēng jiù huì guānmén.

| 25 | 出手 | 出手 | chūshǒu | V | to help / Showing something that you are professional at while others don't know. |

例：哥哥出手幫我打了一局比賽，果然 就贏了。
Gēge chūshǒu bāng wǒ dǎ le yì jú bǐsài, guǒrán jiù yíng le.
* 果然：guǒrán：sure enough / as expected

| 26 | 則 | 則 | zé | M | classifier for written items (such as an official statement) |

例：你看了昨天的那則新聞了沒有？聽說他們國家選出新總統了。
Nǐ kàn le zuótiān de nà zé xīnwén le méiyǒu? Tīngshuō tāmen guójiā xuǎnchū xīn zǒngtǒng le.

| 27 | 魅力 | 魅力 | mèilì | N | charisma |

例：小明很有魅力，不是因為他長得很帥，而是因為他很幽默。
Xiǎomíng hěn yǒu mèilì, búshì yīnwèi tā zhǎng de hěn shuài, érshì yīnwèi tā hěn yōumò.

| 28 | 自信 | 自信 | zìxìn | N | self-confidence |

例：這次考試，我有自信能考到 90 分以上。
Zhè cì kǎoshì, wǒ yǒu zìxìn néng kǎodào jiǔ shí fēn yǐshàng.

| 29 | 心動 | 心动 | xīndòng | Vs | heartbeat / palpitation / one's heartbeat quickens / tachycardia / fig. emotionally affected / aroused (of desire, emotion, interest etc) |

▶ 例：這輛車又帥又便宜，我很心動，很想馬上就把它開回家。

Zhè liàng chē yòu shuài yòu piányí, wǒ hěn xīndòng, hěn xiǎng mǎshàng jiù bǎ tā kāi huíjiā.

| 30 | 一見鍾情 | 一见钟情 | yíjiàn zhōngqíng | IE | love at first sight |

▶ 例：你相信一見鍾情還是日久生情＊？

Nǐ xiāngxìn yíjiànzhōngqíng háishì rì jiǔ shēng qíng?

＊日久生情（rì jiǔ shēng qíng）：Love develops over time.

筆記欄

1 A 不如 B …… A 不如 B …… A bùrú B… B rather than A

用法說明：

　　這裡的「A 不如 B」跟第二課的「A 不如 B」不同。

1. 第二課的是前面的 A 沒有後面的 B 好，A 比較差。

2. 這一課的意思是做 A 不好，給出新的、更好的建議 B，重要的是後面的建議 B。

　　例：電影票那麼貴，去電影院看電影，不如在手機上看影片。
　　　　Diànyǐng piào nàme guì, qù diànyǐngyuàn kàn diànyǐng,
　　　　bùrú zài shǒujī shàng kàn yǐngpiàn.

　　例：坐火車去南部太慢了，不如坐高鐵。
　　　　Zuò huǒchē qù nánbù tài màn le, bùrú zuò gāotiě.

　　你一直擔心沒錢念書沒有用，＿＿＿＿＿＿＿＿＿＿＿＿＿＿＿。

　　A：今天好冷，我們去吃牛肉麵好不好？

　　B：＿＿＿＿＿＿＿＿＿＿＿＿＿＿＿＿＿＿＿＿＿。

| 2 | 不只…… | 不只…… | bùzhǐ… | not only / not merely… |

★用法說明：

就是「不是只有」的意思，強調「沒有那麼少」，或是「不是就一個」的情況。

> 例：在台北生活費不便宜，每個月不只兩萬塊錢。
> Zài Táiběi shēnghuó fèi bù piányí, měi ge yuè bùzhǐ liǎng wàn kuài qián.

> 例：這個班的外國人不只有小明，還有小美。
> Zhè ge bān de wàiguó rén bùzhǐ yǒu Xiǎomíng, háiyǒu Xiǎoměi.

練習一：_____，也去過歐洲。

練習二：

A：台灣有名的小吃只有小籠包跟珍珠奶茶嗎？

B：_____。

| 3 | 從…… 開始 | 从…… 开始 | cóng… kāishǐ | start from |

★用法說明：

「從」的後面要接的是起點，從這個起點開始以後，發生了什麼或是會發生什麼。

> 例：老師說從這個學期開始，我們每個禮拜都要交兩份報告。
> Lǎoshī shuō cóng zhè ge xuéqí kāishǐ, wǒmen měi ge lǐbài dōu yào jiāo liǎng fèn bàogào.

> 例：想要愛地球，可以從做好垃圾分類開始。
> Xiǎng yào ài dìqiú, kěyǐ cóng zuòhǎo lèsè fēnlèi kāishǐ.

她沒學過中文，所以只能＿＿＿＿＿＿＿＿＿＿＿＿＿＿＿＿＿＿＿

＿＿＿＿＿＿＿＿＿＿＿＿＿＿＿＿＿＿＿＿＿＿＿＿＿＿＿＿。

A：請問，我有多少時間來回答這些問題？

B：＿＿＿＿＿＿＿＿＿＿＿＿＿＿＿＿＿＿＿＿＿＿＿。

筆記欄

 寫作時間

一、請參考範例一，寫一則社團活動的標語。

二、請參考範例二，寫一則廣告產品的標語。

小叮嚀

1. 標語最重要的就是要讓人很快地記住，所以一定要簡單、明白，但是背後都有特別的意思和趣味。
2. 中文一個字常會有好幾個不同的意思，放在標語裡，可以讓人聯想出其他想要表達的內容，會讓標語更有意思。

一起看影片！

生詞列表 | Vocabulary List

B

	生詞（正體）	生词（简体）	漢語拼音	課
1	拜訪	拜訪	bàifǎng	8
2	備案	备案	bèi'àn	3
3	本	本	běn	2
4	彼此	彼此	bǐcǐ	7
5	編劇	编剧	biānjù	5
6	遍	遍	biàn	1
7	標題	标题	biāotí	4
8	標語	标语	biāoyǔ	9
9	表明	表明	biǎomíng	9

C

	生詞（正體）	生词（简体）	漢語拼音	課
10	裁縫	裁缝	cáiféng	6
11	材料	材料	cáiliào	1
12	彩虹	彩虹	cǎihóng	8
13	採購	采购	cǎigòu	2
14	彩排	彩排	cǎipái	3
15	參考	参考	cānkǎo	1
16	抄	抄	chāo	1
17	產量	产量	chǎnliàng	2
18	場合	场合	chǎnghé	7
19	成功	成功	chénggōng	6
20	成本	成本	chéngběn	2
21	成為	成为	chéngwéi	7
22	翅膀	翅膀	chìbǎng	6

C—D

Vocabulary List

C

	生詞（正體）	生词（简体）	漢語拼音	課
23	重新	重新	chóngxīn	4
24	抽象	抽象	chōuxiàng	9
25	出版	出版	chūbǎn	5
26	出版社	出版社	chūbǎnshè	5
27	出色	出色	chūsè	8
28	出手	出手	chūshǒu	9
29	出席	出席	chūxí	2
30	此	此	cǐ	7
31	從來	从来	cónglái	5

D

	生詞（正體）	生词（简体）	漢語拼音	課
32	打造	打造	dǎzào	4
33	大街小巷	大街小巷	dàjiēxiǎoxiàng	1
34	大意	大意	dàyì	5
35	導演	导演	dǎoyǎn	5
36	到達	到达	dàodá	8
37	燈籠	灯笼	dēnglóng	6
38	點	点	diǎn	6
39	叼	叼	diāo	6
40	頂	顶	dǐng	1
41	度過	度过	dùguò	2
42	短暫	短暂	duǎnzhàn/ duǎnzàn	9
43	段落	段落	duànluò	7
44	對抗	对抗	duìkàng	7
45	對象	对象	duìxiàng	2
46	躲貓貓	躲猫猫	duǒmāomāo	1

F

	生詞 （正體）	生词 （简体）	漢語拼音	課
47	發揮	发挥	fāhuī	6
48				
49	防疫	防疫	fángyì	4
50				
51	放棄	放弃	fàngqì	5
52				
53	奮不顧身	奋不顾身	fènbúgùshēn	7
54				
55	逢年過年	逢年过节	féngniánguòjié	7
56				
57	復原	复原	fùyuán	3
58				

G

	生詞 （正體）	生词 （简体）	漢語拼音	課
59	改正	改正	gǎizhèng	8
60				
61	剛好	刚好	gānghǎo	6
62				
63	各	各	gè	1
64				
65	溝通	沟通	gōutōng	5
66				
67	構想	构想	gòuxiǎng	3
68				
69	光臨	光临	guānglín	4
70				

H

	生詞 （正體）	生词 （简体）	漢語拼音	課
71	寒流	寒流	hánliú	8
72	好心有 好報	好心有 好报	hǎoxīn yǒu hǎobào	7
73	何	何	hé	6
74	荷花	荷花	héhuā	6
75	核銷	核销	héxiāo	3
76	轟隆隆	轰隆隆	hōnglónglóng	8
77	後續	后续	hòuxù	4
78	花朵	花朵	huāduǒ	8
79	嘩啦啦	哗啦啦	huālālā	6
80	幻想	幻想	huànxiǎng	5
81	護具	护具	hùjù	2
82	互相	互相	hùxiāng	2
83	繪圖	绘图	huìtú	5
84	會議	会议	huìyì	2

J

	生詞 （正體）	生词 （简体）	漢語拼音	課
85	幾乎	几乎	jīhū	7
86	即日	即日	jírì	4
87	寄宿	寄宿	jìsù	5
88	繼續	继续	jìxù	4
89	加快	加快	jiākuài	8
90	家鄉	家乡	jiāxiāng	1
91	見諒	见谅	jiànliàng	4
92	建議	建议	jiànyì	2
93	將	将	jiāng	4
94	教導	教	jiàodǎo	7
95	教職員	教职员	jiàozhíyuán	4

		生詞 （正體）	生词 （简体）	漢語拼音	課
J	96				9
	97	節奏	节奏	jiézòu	9
	98				
	99	藉由	藉由	jièyóu	3
	100			jiēzhàng / jiézhàng	
	101	救命之恩	救命之恩	jiùmìng zhī ēn	7
	102				
	103	具體	具体	jùtǐ	3
	104				
K	105	開幕	开幕	kāimù	3
	106				
	107	可見	可见	kějiàn	7
	108				
	109	口氣	口气	kǒuqì	8
	110				
	111	擴	扩	kuò	6
	112				
	113	擴散	扩散	kuòsàn	4
L	114	連接	连接	liánjiē	9
	115				
	116	量	量	liàng	2
	117				
	118	零食	零食	língshí	3
	119				
	120	落	落	luò	9

M

	生詞（正體）	生词（简体）	漢語拼音	課
121	螞蟻	蚂蚁	mǎyǐ	7
122	美麗	美丽	měilì	1
123	美妙	美妙	měimiào	6
124	美味	美味	měiwèi	1
125	魅力	魅力	mèilì	9
126	祕密	祕密	mìmì	1
127	描寫	描写	miáoxiě	8
128	名稱	名称	míngchēng	2
129	明確	明确	míngquè	9
130	某	某	mǒu	9
131	目標	目标	mùbiāo	3
132	目的地	目的地	mùdìdì	8

N

133	內容	内容	nèiróng	1
134	濃	浓	nóng	6

O

135	偶爾	偶尔	ǒu'ěr	6

P

136	排列	排列	páiliè	7
137	拋棄	抛弃	pāoqì	7
138	泡菜	泡菜	pàocài	1
139	佩服	佩服	pèifú	7
140	飄	飘	piāo	8
141	拼命	拼命	pīnmìng	7
142	評估	评估	pínggū	3
143	評審	评委	píngshěn/píngwěi	7
144	瀑布	瀑布	pùbù	8

Q
R
S

	生詞 （正體）	生词 （简体）	漢語拼音	課
145	前言	前言	qiányán	5
146				
147	企劃	企划	qìhuà/qǐhuà	3
148				
149	全體	全体	quántǐ	2
150				
151	群聚	群聚	qúnjù	4
152	人山人海	人山人海	rénshānrénhǎi	1
153				
154	仍然	仍然	réngrán	5
155				
156	散發	散发	sànfā	8
157				
158	殺害	杀害	shāhài	7
159				
160	閃閃發光	闪闪发光	shǎnshǎnfāguāng	8
161				
162	上映	上映	shàngyìng	5
163				
164	神奇	神奇	shénqí	8
165				
166	甚至	甚至	shènzhì	5
167				
168	生動	生动	shēngdòng	6
169	升職	升职	shēngzhí	4

S

	生詞 （正體）	生词 （简体）	漢語拼音	課
170	詩	诗	shī	6
171	十分	十分	shífēn	1
172	實力	实力	shílì	9
173	視	视	shì	4
174	是否	是否	shìfǒu	2
175	勢力	势力	shìlì	7
176	事先	事先	shìxiān	7
177	事項	事项	shìxiàng	2
178	適應	适应	shìyìng	1
179	收穫	收获	shōuhuò	5
180	售價	售价	shòujià	2
181	樹林	树林	shùlín	6
182	衰老	衰老	shuāilǎo	9
183	鬆軟	松软	sōngruǎn	9
184	隨和	随和	suíhé	8
185	隨身聽	随身听	suíshēntīng	5
186	縮	缩	suō	5

T

	生詞 （正體）	生词 （简体）	漢語拼音	課
187	牠	牠	tā	6
188	談論	谈论	tánlùn	7
189	桃花	桃花	táohuā	9
190	討論	讨论	tǎolùn	2
191	特色	特色	tèsè	1
192	特殊	特殊	tèshū	5
193	調整	调整	tiáozhěng	4
194	同心協力	同心协力	tóngxīn xiélì	4
195	透過	透过	tòuguò	4

W

	生詞 （正體）	生词 （简体）	漢語拼音	課
196	彎曲	弯曲	wānqū	8
197	微風	微风	wéifēng/wēifēng	6
198	維護	维护	wéihù	4
199	維修	维修	wéixiū	3
200	唯一	唯一	wéiyī	9
201	尾巴	尾巴	wěiba	6
202	無薪假	无薪假	wúxīnjià	2
203	舞動	舞动	wǔdòng	9
204	物件	物件	wùjiàn	8

X

205	喜怒哀樂	喜怒哀乐	xǐ'nù'āilè	7
206	相處	相处	xiāngchǔ	8
207	詳細	详细	xiángxì	6
208	享受	享受	xiǎngshòu	1
209	銷量	销量	xiāoliàng	2
210	效益	效益	xiàoyì	3
211	歇業	歇业	xiēyè	4
212	協助	协助	xiézhù	3
213	心得	心得	xīndé	5
214	心動	心动	xīndòng	9
215	新冠肺炎	新冠肺炎	Xīnguān Fèiyán	2
216	欣賞	欣赏	xīnshǎng	1
217	形容詞	形容词	xíngróngcí	6
218	幸福	幸福	xìngfú	5
219	許多	许多	xǔduō	5
220	宣布	宣布	xuānbù	4
221	宣傳	宣传	xuānchuán	9
222	尋找	寻找	xúnzhǎo	7

Y

生詞 （正體）	生词 （简体）	漢語拼音	課
223	押韻	押韵	yāyùn	9
224	沿	沿	yán	8
225	嚴肅	严肃	yánsù	8
226	遙遠	遥远	yáoyuǎn	6
227	葉子	叶子	yèzi	6
228	一見鍾情	一见钟情	yíjiànzhōngqíng	9
229	以及	以及	yǐjí	8
230	以免	以免	yǐmiǎn	7
231	一年到頭	一年到头	yìniándàotóu	8
232	疫情	疫情	yìqíng	2
233	螢火蟲	萤火虫	yínghuǒchóng	6
234	營業	营业	yíngyè	4
235	營業額	营业额	yíngyè é	3
236	擁有	拥有	yǒngyǒu/yōngyǒu	5
237	幽默	幽默	yōumò	8
238	尤其	尤其	yóuqí	5
239	有氧	有氧	yǒuyǎng	4
240	柚子	柚子	yòuzi	1
241	於	于	yú	4
242	愉快	愉快	yúkuài	8
243	預估	预估	yùgū	3
244	月餅	月饼	yuèbǐng	1
245	韻母	韵母	yùnmǔ	9

Z

	生詞 （正體）	生詞 （简体）	漢語拼音	課
246	再度	再度	zàidù	7
247	糟糕	糟糕	zāogāo	8
248	則	则	zé	9
249	札記	札记	zhájì	1
250	暫停	暂停	zhàntíng/zàntíng	4
251	張開	张开	zhāngkāi	6
252	掌握	掌握	zhǎngwò	7
253	招生	招生	zhāoshēng	9
254	遮	遮	zhē	8
255	整理	整理	zhěnglǐ	3
256	之	之	zhī	4
257	支出	支出	zhīchū	3
258	直排輪	直排轮滑	zhípáilún/ zhípáilúnhuá	2
259	指標	指标	zhǐbiāo	3
260	指導	指导	zhǐdǎo	2
261	制度	制度	zhìdù	6
262	志願	志愿	zhìyuàn	7
263	中論	中论	zhōnglùn	9
264	終身	终身	zhōngshēn	9
265			zhǔbàn	5
266	主題	主题	zhǔtí	6
267	注重	注重	zhùzhòng	7
268	助聽器	助听器	zhùtīngqì	5
269	專業	专业	zhuānyè	3
270	資產	资产	zīchǎn	4
271	資遣	资遣	zīqiǎn	2

	生詞 （正體）	生词 （简体）	漢語拼音	課
Z				
272	仔細	仔细	zǐxì	3
273	自信	自信	zìxìn	9
274	總務	总务	zǒngwù	3
275	組織	组织	zǔzhī	7
276	作者	作者	zuòzhě	5

句型 列表 | Grammar List

句型（正體）	句型（简体）	漢語拼音	課

B

1	百分之……	百分之……	bǎi fēn zhī…	2
2	V 遍……	V 遍……	V biàn…	1
3	不過……	不过……	búguò…	7
4	不是……而是……	不是……而是……	búshì…érshì…	5
5	A 不如 B……	A 不如 B……	A bùrú B…	2
6	A 不如 B……	A 不如 B……	A bùrú B…	9
7	不只……	不只……	bùzhǐ…	9

C

8	從……開始	从……开始	cóng…kāishǐ	9
9	從來不／沒……	从来不／没……	cónglái bù/méi…	5

D

10	XX（YY）的	XX（YY）的	XX(YY)de	1
11	SV 得／到沒話說	SV 得／到没话说	SV de/dào méihuàshuō	8

J

12	既……又……	既……又……	jì…yòu…	6
13	藉由……來……	藉由……来……	jièyóu…lái…	3
14	就算……也……	就算……也……	jiùsuàn…yě…	5

L—Z

Grammar List

句型（正體）	句型（简体）	漢語拼音	課
L			
15 另外……	另外……	lìngwài…	3
R			
16 然而……	然而……	rán'ér…	7
S			
17 受到……的影響	受到……的影响	shòudào…de yǐngxiǎng	2
18 說到……	说到……	shuōdào…	8
19 NP所V的（O）……	NP所V的（O）……	NP suǒ V de (O)…	7
W			
20 無論……都……	无论……都……	wúlùn…dōu…	7
X			
21 像……一樣	像……一样	xiàng…yíyàng	1
Y			
22 一M接著一M……	一M接着一M……	yī M jiēzhe yī M…	6
23 一M一M……	一M一M……	yī M yī M…	6
24 因此……	因此……	yīncǐ…	2
25 由此可見……	由此可见……	yóu cǐ kějiàn…	8
26 尤其是……	尤其是……	yóuqí shì…	5
27 由於……	由于……	yóuyú…	3
28 於是……	于是……	yúshì…	6
Z			
29 （在）……方面	（在）……方面	(Zài)…fāngmiàn	8
30 V著……	V着……	V zhe…	1

國家圖書館出版品預行編目資料

華語寫作一學就上手【進階級】/陳嘉凌、李
菊鳳編著. -- 初版. -- 臺北市:五南圖書出
版股份有限公司, 2022.03
　面；　公分
ISBN 978-626-317-520-4(平裝)

1.CST:漢語　2.CST:作文　3.CST:寫作法

802.7　　　　　　　　　　　110022388

1XKJ

華語寫作一學就上手【進階級

編 著 者 ― 陳嘉凌(247.7)、李菊鳳

繪　　　者 ― 吳昕霓

發 行 人 ― 楊榮川

總 經 理 ― 楊士清

總 編 輯 ― 楊秀麗

副總編輯 ― 黃文瓊

責任編輯 ― 吳雨潔

美術設計 ― 吳昕霓

封面設計 ― 王麗娟

出 版 者 ― 五南圖書出版股份有限公司

地　　　址:106台北市大安區和平東路二段339號4樓

電　　　話:(02)2705-5066　　傳　　　真:(02)2706-6100

網　　　址:https://www.wunan.com.tw

電子郵件:wunan@wunan.com.tw

劃撥帳號:01068953

戶　　　名:五南圖書出版股份有限公司

法律顧問　林勝安律師事務所　林勝安律師

出版日期　2022年3月初版一刷

定　　　價　新臺幣450元

經典永恆・名著常在

五十週年的獻禮——經典名著文庫

五南,五十年了,半個世紀,人生旅程的一大半,走過來了。

思索著,邁向百年的未來歷程,能為知識界、文化學術界作些什麼?

在速食文化的生態下,有什麼值得讓人雋永品味的?

歷代經典・當今名著,經過時間的洗禮,千錘百鍊,流傳至今,光芒耀人;

不僅使我們能領悟前人的智慧,同時也增深加廣我們思考的深度與視野。

我們決心投入巨資,有計畫的系統梳選,成立「經典名著文庫」,

希望收入古今中外思想性的、充滿睿智與獨見的經典、名著。

這是一項理想性的、永續性的巨大出版工程。

不在意讀者的眾寡,只考慮它的學術價值,力求完整展現先哲思想的軌跡;

為知識界開啟一片智慧之窗,營造一座百花綻放的世界文明公園,

任君遨遊、取菁吸蜜、嘉惠學子!